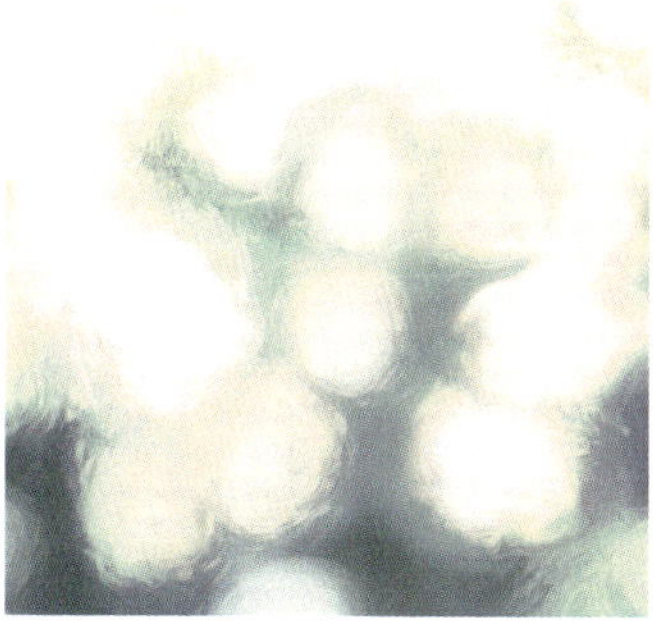

二十四五

乗代雄介

講談社

間もなく仙台駅のアナウンスからいくらも経たないうちに、下車を待つ列は車両の中ほどまでのびてきた。通路側に座る品の良い婦人はまだ北へ向かうらしいから、声をかけて席を立つ。荷棚から三十五リットルのバックパックとガーメントバッグを下ろして列に並ぶと、私のすぐ後ろに座っていた若い——といっても、私のせいぜい数年後に生まれたに過ぎないであろう——ショートヘアの女の子が、赤いキャリーケースを携えて慌ただしく後ろについた。

真ん中分けした前髪の揺れの際からのぞく目が、何度か私を追うのには気付いていた。人が何か話しかけようとしている時のごそごそした沈黙を背中に感じながら、彼女が視界に入りづらい方の窓を見ると、はやぶさ25号はちょうど広瀬川を渡っている。一瞬で過ぎた狭い川幅を覆わんばかりの深い緑の印象が消えないうちに、とうとう声はかけられた。

「あの、すみません」

少しだけ見開いた目にちょっと尖らせた口まで添えて興味なさそうに振り返ったというのに、瞳を輝かせた幼げな顔に突き当たって、私の目はさらに開いた。

「読んでいらっしゃいましたよね？」

妙な質問に丁重な態度を取る気もなくなり、「何を？」と答える。

「マンガ」彼女は跳ねるような物言いで私に半歩近づいた。「あれって『違国日記』の十一巻ですよね。ヤマシタトモコの。最新刊で最終巻」

確かに読んではいたけれど、そうとは答えず「見えたの？」と訊いた。

「席と窓の隙間から。何回か、窓に寄りかかるみたいにして読んでる時もあって、その時にばっちり見えて」

彼女の悪気は私の落ち着きぐらいなさそうで「ああ、そう」と答えるしかなかった。

ぴんと立てた手のひらの側面を自分の鼻先にくっつけて片目を閉じ、覗き見の再現を始めようという相手の顔に質問を浴びせる。

「好きなんだ？」

「あ、はい」隙間から顔を出すようにして手のひらがしまわれる。「お姉さんもですか？　ですよね？」

彼女の人となりのせいか、今日という日だからなのか、お姉さんという言葉は私の胸にすとんと落ちた。

「まあ」と言いながら頬がゆるむ。「たぶん、あなたほどじゃないけど」

『違国日記』は、五年前に死んだ叔母に私が貸した最後のマンガだった。叔母は月並みにいえば私の大事な存在であり、つまりそれは私にとって苦い思い出で、なんとなく読みづらくなったのを放り出すわけにもいかずに続きを読んで、やっと終わって正直せいせいしたところ。そんな本音を聞かせてやったら、彼女は大いに同情し、少しがっかりしながら、心を躍らせるに違いなかった。この作品は、叔母と姪の特別な絆をめぐる物語だから。

「いや、でも」相手は上半身をねじりながら悔しそうに声をしぼった。「わたし、まだ読めてないんですよ。駅の本屋さんで買って新幹線で読もうと思ったら時間なくて――あ、わたし、東京からの就活帰りなんです。最終の一個前の面接だったんですけどあんま手応えなしで。いやもともとはですね、上手くいかなくても帰りの新幹線でヘコまないようにって、一ヵ月くらい読むの我慢しておいたんですよ？　えらくないですか、計画的で。なのに寝坊して本屋さん寄れなくて、最悪で」

「寝坊なの」

「そう、だから自分のせいなんですけど」

「それで覗いて読んでたの？」

「そうそう」

気安く笑ったあと、声なしの恐縮をいやいやいやと見せながら、彼女はキャリーケースの取っ手をガチャガチャと上下させた。近々《きんきん》の後悔と先々の不安が日頃のおしゃべりに輪をかけているらしい就活生に叔母の話をする気になったのに、車窓は滑らかにプラットホームを流し始める。彼女に何かあげたくなってデニムのポケットに手を差し込んだあと、バックパックを前に回して外側のポケットを開けた。

「切符ですか？」

いちいち口に出さないと気が済まないらしい。親しげに覗きこむ顔を隠すように、書店のカバーがかかった『違国日記』の十一巻を差し出す。

「あげる」

豆鉄砲を喰ったような顔は見込み通り、遠慮したり断ったりなんかしなかった。彼女のためにも、鉤括弧の額に入れればあつかましく見える第一声を書き出したりはしない。ただ、興奮と感謝でぐちゃぐちゃになった彼女の押す真っ赤なキャリーケースは何度も座席に引っかかって、他の乗客をやきもきさせた。

「二、三日いるつもりだけど、荷物だから」

どうせ持ち歩く気はなかった。かと言って捨てることもできないからちょうどいい。降りると彼女は、えーなんか、えーなんか、とくり返しながら、キャリーケースを引っ張って私の後をついて来た。

「一生大事にします」

「大げさ」

こちらは改札を出てホテルへ、向こうは在来線に乗り換えるという別れ際、私が三時間前に買ったばかりのマンガを片手で大事そうに胸に抱えた相手は、いやにかしこまって尋ねた。

「そういえば、仙台に何かご用なんですか？」

口に出そうとして、他人にその予定を教えるのが初めてだということに気付く。そのせいで、彼女を微笑ましく眺めながらちょっともったいぶるみたいな間が空いた。

「弟の結婚式」


改札を出たところで両親の姿を見つけた。寄っていくと母が目を丸くしている。

「同じの乗ってたの？　そんなことある？」

「あるでしょ」と私は言った。「チェックインが三時なんだから」

「新幹線で仙台来たの初めて。あんた、聞いた？　青葉城恋唄」

天井を指差して母が言う。プラットホームで流れたご当地ソングの発車メロディを指しているらしい奥で、父はペットボトルの甘そうなミルクティーを飲んでいた。珍しさに目を離せないまま、母に答える。

「あれって失恋の歌じゃなかった？」

答えになっていないが、そういえば私のする母への返事は大抵こんな風だった。二年ぶりに会っても変わりようがない。父は顔をしかめながらミルクティーの蓋を閉めている。

「関係ないでしょ、そんなの」声にはいやな響きがあった。「結婚式だからってこと？」

「ていうか」火種になる前に話題をずらすのもいつものことだ。「なんで両家とも東京なのに仙台なわけ？」

「言わなかったっけ？」

きょとんとした母と目が合い、反射的に何か言いそうになるのを下唇を咥えこんでこらえ、ゆっくりうなずく。

「初めて二人で旅行した思い出の地なんだと」

「そんなことで？」と口を挟んできた父を見る。「変な子たち」

「あんたにだけは言われたくないはず」

こういう反撃も二年ぶりなら聞けるもので、私は楽しくなってきた。駅を出て、広いペデストリアンデッキをなるべく遠くまで歩いてホテルの方に向かう。後ろから母の声が飛んでくる。

「にしても、そんな格好で来たのね？」

顔の向きからすると、デニムに白いTシャツというバックパッカー風の出で立ちも然ることながら、ボリュームのあるスニーカーが気にいらないらしい。ガーメントバッグでその視線を遮るようにして言った。

「だからちゃんと別で持って来てんでしょ。靴も背中に入ってるし」

「それでいいホテルうろつくの、恥ずかしくない？」

「ぜんぜん？」

「今日の会食の時の服は？」

「これで行く」反射的に言ってから間髪を入れずに「ウソ」と首を振る。「別でワンピース入ってる」

いいホテルに着いてフロント階まで上がると弟夫婦が迎えた。

「お姉さん、久しぶりです」

弥子《やこ》ちゃんは一番先に私に挨拶した。私の祝福に対して感謝を述べるや、すみませんわざわざ遠いとこまでと申し訳なさそうに眉を下げる。肌の調子が良いのに気がいったあと、毎度のことながら大人っぽくなったなと思う。

「二人はいつ来たの？」

「一昨日です。昨日までホテルは別のとこですけど、ちょっと観光して」

初めて見たのは、弥子ちゃんが小六の時だった。大雨の日に弟を塾まで迎えに行って、二人ともが椅子に胡座をかいて向き合い、親しげに話していたのが弥子ちゃんだった。小さな塾だったからか、そこで一緒に中学受験をした友達数人との関係は十年以上経った今も続いている。中学高校になってもみんなその塾に通っていたらしいから、よほど居心地がよかったのだろう。彼らは何度か家にも遊びに来て、私と顔を合わせることもあった。そのうち、本当にいつの間にか二人は付き合っていた。

弥子ちゃんがうちの両親に挨拶しに行って、弟と目が合う。いいホテル仕様なのか、紺のカッタウェイのポロシャツにグレーのスラックスなんて珍しい格好をしている。

「ねえ」さっき聞いたのを知らない体で「なんで仙台なの」と訊く。

「ハワイとかでやるよりマシだろ」

こういう会話の段取りは、私が植え付けてしまったものかも知れなかった。鼻からそっと息を抜いて反省しつつ「なんで？」と返した。

「ハワイでやったら、姉ちゃん来なさそうじゃん」

「は？」

「人のために国境跨がなさそう」

「意味わかんない」

「なんか、仙台好きなんだよね」弟はポロシャツの第二ボタンを片手で確かめながら、急に律儀に答えた。「二人で初めて来たあと、毎年来てる」

弟からしたら、面倒な姉との会話に付き合ってやっているというか、適応したということなのだろうか。それはそれでむかつくから軽口を叩きたくなった。

「就職して即結婚って」と言ったところで弥子ちゃんが目に入って言葉を変える。

「大したもんね、あんた」

「落ち着いて一年二年経ったら、上司呼ぶとか呼ばないとかだるいじゃん」

「もう上司はいるんじゃないの。九月よ？」

「姉ちゃん、何にも知らないからな」と生意気なため息。「うち、技術職じゃないのに研修やたら長いんだよ。先月やっと配属決まったとこだし、式の準備は春からしてるし、その時は呼びたくても呼べなかった——みたいな。冬でもよかったぐらいだけど、雪降ったら呼びづらいし」

「こういう部下ばっかりだと助かるな」

父がまた横からつぶやいて、面倒な冠婚葬祭の話を母が引き継いでいった。うんざりするほどの懐かしさを感じながら、私は弟の処世術に感心していた。就職留年こそしたらしいけれど、なんだかんだで名の知れた企業に入って、こんなやりとりもにこにこ眺めてくれる感じのいい幼馴染とさっさと結婚し、面倒事は上手に避ける。

チェックインが済んだら、弟と一緒の部屋だと告げられた。なんとなく意外に思っていたら顔に出たのか、同部屋の当人が呆れたように私を見ている。

「マジで何にも聞いてないんだ」

「あんたが何にも言ってないんでしょ」

「母さんが伝えてると思ってた」

私はどうせ腫れ物だ。特に家を離れたこの二年は、ほとんど連絡も取っていない。父がトイレに行くのを待ったって仕方ないから、私と弟は先に部屋へ向かうことにした。自分の両親が来るのはいつかしらと電話している弥子ちゃんは、なぜかその場でゆっくり回りながら喋っている。途中で私たちに気付くと止まり、頭を下げてにっこり笑い、小さく手を振ってくれた。手を振り返す私を、隣で今にも頷きだしそうに見ている弟が気に入らない。

エレベーターから廊下から何から何までさんざん行き届いた船来美の中を、偶然、三つ隣だった他の客に追われるように部屋まで辿り着く。しばらく息が詰まっていたのもあって、部屋を確かめる前に軽口が出た。

「車代も宿泊費も出してこんないいとこでやるって結構なもんじゃない？　どう考えても自分のお金じゃないし」

「まあ、そんなに人は呼んでないし」

ちょうど三十人だとさっき母に聞いた。うちは母方の家とは疎遠になっているし、父方の祖父も半ば自分の意思で来ないから、向こうの祖父母も呼ばなかったという。

「色々めんどいよ」と笑う弟が大人っぽく見えて、引きずり下ろしたい衝動に駆られる。

「でも実際、かなり手伝ってもらってんでしょ？」

「それは正直、かなり」

折角だからが三つぐらい重なって、こんな市内でも一番グレードの高い外資系のホテルでやることになったと、そういうことだけは道中、母が言い訳するみたいに伝えてきた。

「私のを諦めた分がいってんだから、感謝してよ」

「姉ちゃんの分を、俺に全振りしてるってこと？」

「そう」

言いながら、足下まである大きな窓辺に寄って、傍らのカウチにバックパックをぶつけるように置いた。緑が遠く山並みになるまで続く景色を見るに、西向きの部屋らしい。

「諦めてるわけないじゃん」弟は興味なさそうにしゃがみこんで、冷蔵庫なんか開けて見ている。「いや、諦めてるかもしれないけど、だからこそ喜んで出すって。その時は」

「まあ」と私は平静を装って言った。「うち、お金あるしね」

ただ、こう恵まれてるのが無性に厭になることない？　というのは口に出さなかった。もう十分やっている気もするけれど、めでたい日にケチをつけることはないのだ。

「姉ちゃんって」と弟が言った。「仙台来たことあんの？」

旅行の多い家だったが、家族では来たことがない。他に私がちょっと遠出するとなれば、相手は叔母しかいなかった。弟がそんなつもりで聞いているはずもないのに、旅行先の提案の一つに仙台を挙げた時のことを思い返して、私の心は波打つ。叔母にガンが見つかる少し前だった。下調べは私の役目だったけれど、その時の記憶から眺望の中に見出せるのは広瀬川と、街を見下ろす青葉城址ぐらいのものだ。

「ない」と言って、バックパックからサコッシュを引っ張り出す。「だからいっぱい観光すんの。今日も本当はもっと早く来たかったんだけど、仕事で」

「仕事か」打ち切るみたいにつぶやいて、弟はスマートフォンをいじり始めた。「向こうの親、あと十分ぐらいかかるかもって」

荷物が重いからタクシーを使うつもりだったのを急にやめて歩いたら道を間違えたとかそんなことを、弟は笑いながら説明した。

「あんた、下行ってあげなくていいの？」

「行くけど、その前にトイレ」

ドアを閉めたあと、部屋とを隔てるガラス窓のブラインドを下ろす音がした。なのに、用を足す音は遠慮なく聞こえてきた。そこへさらに石を放り込むように声をかける。

「今行ったら、ぎりぎり向こうのご両親に会わずに出れそうってこと？」

「うわ」弟は笑い、一拍置いて「そういうのさぁ」と不満げに言った。

言葉も用を足す音もそこで途切れたから、無視して最低限の荷物を詰める。出てきた弟と入れ違いで街に繰り出そうというところで、目の前のドアがノックされた。驚いてスコープを覗くと母が歪んでいる。開けるなり、前掛けしていた私のサコッシュに目を付けたのがわかった。

「なに、どこ行くの？」

同時に私も、母の手にある臙脂色の細長いネックレスケースを見ていた。

「どこって」気後れしながら言う。「ちょっと散歩」

「これ、先渡しとく」

差し出されたケースを反射的に受け取って、ベロアの感触にひやりとした。向こうの離すのが遅いせいで、何秒か二人で支えている時間があった。その間、母は私をじっと見ていた。

「ありがと」こちらはケースに目を貼り付けたまま「これってさ」と訊ねる。「一連だよね？」

「そう」

もちろん、母は私のすっとぼけに気付いていただろう。これを買った時のことを忘れるはずがないのだから。中学生の夏休み、家族で行った伊勢志摩のミキモト真珠島。観光地の土産物屋とはかけ離れた百貨店調の店内を、珍しく私だけが母に連れ回された。様々なジュエリーに仕立てられたピンからキリまでの真珠を見回り、それなりにテンションを上げ下げしながら好みを答えていたら、母と何やら話をしていた店員が突然、いつ見たのか覚えていないネックレス一つを私の前に持って来て、じっくり見せてから後ろに回った。黒いTシャツの華奢な胸元に真珠を連ねた娘の姿を見るなり、母は何のためらいもなく購入を決めた。改めてちらと見た値札は、少なくとも十や二十ではなかった。裕福を忍ぶのを是とする我が家にはありえないことで、私はそれを首にかけたまま、鏡の中で気まずく息を潜めていた。

後になれば、こうして共用で使う気だったしその先も見据えていたということもわかる。当時もそんな説明はされたのだろうが、私には今もおっかない思い出である。

しかも、私がこれを身につけるのはあの時以来だった。

母の注視を期待しつつ、受け取ったケースをテーブルに——きちんと縁と平行に——置く。気にも留めない弟は、これを買う時、父と一緒にいた。ふわふわした気持ちで外に出ると、二人して海に石を投げて空中でぶっつけ合おうとしていて、男というのはなんてバカなんだと思ったのを覚えている。妻と娘の大きな買い物を、父が知らなかったはずもないのに。

「六時には戻りなさいよ」とドアを閉めながら母が言った。「いや、五時半。着替えもするんでしょ」

両家の食事会を思い出し、外を見ながら「六時」と答える。「だって、六時半にロビーでいいんでしょ」

「遅刻はやばい」弟が愉快そうに口を挟んだ。「ほとんど姉ちゃんのためにやるのに」

「は?」と私は振り返った。「どういうこと?」

「向こうのご両親にちゃんと会ったことないの、あんただけだもの」

何度かあったそういう機会を、私はことごとく避けてきたのだった。式の前夜にわざわざおめでたいとか思っていた私が間抜けだった。

私は大学の必修授業には出ないといけないし、叔母も一応仕事があるし、旅行はたいてい午後の出発になった。着いたその日の観光は近場の散歩だけで、その落ち着いた高揚感が、私はとても好きだった。

ホテル前の国道を南に歩いて広瀬川に架かる愛宕大橋にさしかかったところでようやく、対岸の木々に覆われた丘陵が形を取って現れる。道を横に外れて上っていく坂の途中、橋と同じ名の愛宕神社の鳥居があった。

その先は、コンクリートの擁壁と植栽に挟まれた長く細い石段だった。こっちへ行きたいと犬のように鼻を向けてから叔母を振り返っていたはずの場所を踏み越え、かまわずに上っていく。老夫婦とすれ違って大鳥居から下を見ると、狭い眺望の奥に広瀬川が見えた。柱の傍らの看板には「祈」の字と共に「平成二十三年三月十一日未曽有の大地震により鳥居崩壊するも大震災復興の祈願を念じここに大鳥居を奉納するもの也」とある。旗の並ぶ参道をさらに鳥居二つくぐって現れた随身門には、大天狗と烏天狗の大座像がまつられていた。塗りの色や新しさに何か言って私の知りたいことなら何でも知っていた叔母にたしなめられたくなったとしても、それはもう一人で済ませるべきことなのだった。座像はいずれも震災で倒壊し、修繕によって生まれ変わったもので、また長い時を経て色褪せ、ひび割れて、半可通を納得させることだろう。

境内で最も高いご神木は夫婦杉で、樹齢五百年とも言われる。高台の際に植わった樹齢三百五十年というエドヒガンのうねった幹や枝の奥に仙台市街が見下ろせた。泊まっているホテルも見えて、時間を気にする。

上りと反対の西から下って伊達家の墓所がある大年寺山へ向かうのも、叔母と歩こうとしたそのままの道だった。勾配のある舗装路を上りながら妙護寺を過ぎ、展望広場に出ると、高いテレビ塔が目の前に見えた。それがミヤテレタワーで、背後を見返して木々の梢と電線の奥に立つのがNHK、東日本放送、東北放送の共同塔。さらに奥には仙台スカイキャンドルと呼ばれる仙台放送のテレビ塔。三本のテレビ塔が、仙台の街を見守るように並び立っている。

五時を過ぎ、青灰色に染まった雲の隙間で空の方が白く浮き始めていた。学生カップルを遠巻きにやり過ごしてミヤテレタワーの足下まで行くと、節操のない電飾みたくカラスが群れとまっているのがよく見えた。時折、彼らを牽制する光か音が放たれるのか、何百羽が一斉に飛び立つ。空に打たれた網のように大きく旋回しながら細く捻れて広がり、一羽ずつのカラスにほどけて戻って来る。それを楽しみにして伊達家墓所の閉じた門を背に見上げていると、これまた事情は知る由もないけれど、一斉に鳴き騒ぐ時がある。あの中には、声を上げずに黙って遠くを見ている者もいるのだろうか。

その騒ぎから遠ざかるようにして歩く木陰はすでにひどく暗い。木々に紛れて立つ外灯の光は互いに重なることなく、点々と道を滲ませていた。散歩で機嫌良しのビションフリーゼだけが白毛に光を吸いこんで暗がりでも潑剌として見え、彼か彼女はその輝きを持て余すように、すれ違おうとする私にじゃれつき飛びかかった。

しばらく笑い合った飼い主の「すいません」が妙に耳に残った。黄昏時、大年寺の長い長い石段は、二段下がやっと見えるくらいだ。背の低い叔母は段差を下るのが苦手とは言わないが、私よりだいぶ遅かった。ここを歩きもしなかったその歩調に合わせるでもないけれど、すいません、すいませんと繰り返しながら、ゆっくり下ってみる。

左右の林の一寸先は闇、はるか下に空いている光の針穴。やたらに響く自分の足音に、いつまでも近づかず遠ざかりもしない虫の声。夏の虫か秋の虫か、そもそも何という虫か、歩調は何にも教えてくれない。

石段を下りきった惣門はまだ高みにあって、開いた口の中に、色とりどりの街灯りがひしめいて見える。そこへ帰っていく時間を気にして急ぎ始めた私の背後で、戸がきしむ音を立てた。

「ついさっき、母さん来たよ」

六時十七分に部屋に戻ると、入れ違いに出て行こうとする弟が言った。まさか私がいるか確かめに？　とは口に出さないまでも顔には出ていたらしい。

「いや」わずかに語尾を上げながら、弟は頭を振った。「ちょっと相談することあっただけ」

「ついでになんか言ってたでしょ、絶対」

「うん」

余裕ありげな笑い交じりにそう始めた弟のいらぬ機転により、私は五時四十五分かちょっと過ぎにいったん戻って着替えを済ませた後、また落ち着きなく出て行ってホテル内をうろついていることになっているという。弟がどこか誇らしげに出て行ったあと、一人をいいことに下着姿で化粧を直し、そこそこ値が張るグリーンのシャツワンピースを着て、早足でロビーに向かう。

弟と弥子ちゃんはまだ来ておらず、両家の両親が立って談笑しているのが見えた。まず母の目に入るように近づいて、その誘導で振り返ったご両親に挨拶する。写真ですら見たことのなかった二人は、想像通りのところから少しはみ出して立っていた。私より背の低いお父さんの固太りは黒澤映画でお目にかかるような見事なものだったし、お母さんの方は『耳をすませば』の男爵猫のように小さく見えた。

「お噂はかねがね」弥子ちゃんのお父さんはかしこまって頭を下げた。「すごいお姉さんがいるという」

「悪い噂でしょう？」

そう応じたら、弥子ちゃんのお母さんは笑いながら顔の前で手を振った。

「姉」そう言ってすぐ「景子ちゃんのことね」と添えた薄い唇が私も欲しいくらいのいい色で塗られているせいか、不思議と胸騒ぎがした。「姉がいなかったら、自分はこうはなってないって、洋一郎くんが。ねえ？」

同意を求められるまでもなく、お父さんの方は話の間ずっと頷いていた。

「だいぶいじめたからあんなになっちゃいまして」

どこまで冗談をはためかせておくべきか迷いながら、私は言った。身内だからって、あんまり卑下しているのも感じが悪いだろう。

「いや、本当にいい子で――」お父さんは急にそこで「ダメだダメだ」と笑って隣と顔を見合わせた。「小学生の頃から見てるから、ついそう言ってしまうんですけどね。よくないなと思いつつ、どうしてもね」

「そうそう。だって洋一郎くんも、あんなに細くて小さかったのにねぇ」

記憶に絆された二人の顔つきがさらに柔らかくなる。弟は幼馴染と結婚するのだ。改めてそう思うとなんだかたまらなくなって、私は深く頭を下げた。

「ほんと、小さい頃からお世話になりまして」

大袈裟だったかとすぐに直ろうとする途中で、待ち構えるように私を見上げている弥子ちゃんのお母さんの顔が目に入る。叱られたような猫背で固まった私に、彼女は言った。

「ねえ、そうだ、景子ちゃん」呼び止めるような言い方を初めてされて、私はそれが叔母の言い方によく似ていることに気付いた。「これ、絶対に伝えようと思ってたの」

「なんですか？」

「わたし、景子ちゃんを見たことあるのよ。塾のお迎えの時に、一回だけ」

「もしかして」と私は口を挟んだ。「すっごい雨の日ですか？」

「そう！」

塾は我が家の最寄り駅から三つ離れた駅にあって、弟の迎えは父か母が仕事帰りに寄ることがほとんどだった。私が塾まで行ったのはその一度だけだから、塾にまつわる記憶は全てこの日のことになる。台風だったか、予報よりも早く大降りになった雨で塾が早めに閉まることになり、迎えを頼まれたのだ。

「誰のお姉ちゃんかわからないけど、えらいなぁって見てたの。うちって一人っ子でしょう？　だからなんだかうらやましかったし、あと何よりね、景子ちゃん、かっこよかったのよ。すらっとしてて。今もそうだけど」

あの日、私はいつものように眼科医院を営む祖父の家で夕飯を済ませ、応接室のように使われることもあった二階玄関横の部屋のソファで、叔母の書庫から持ち出した本を読んでいた。『抒情歌謡集』で、しかも私は序文だけを読むつもりだった——そこまで記憶が蘇ったそのさらに奥に何か重大事が掛かっている予感がして、慎重にたぐり寄せる。私は言われた。言ったのはゆき江ちゃんだ。電車が止まっちゃうと困るから、早めに行ってあげてほしいんですって。あの時、ドアを少し開けてそれを伝えたあと、ゆき江ちゃんは私に、一緒に行こうかと言ったのだ。電車でワーズワスの序文を摘まみ読みするのを見られるわけにはいかない私は断った。「平気」とか「大丈夫」とか、素っ気ない一言で。

「しかもかっこいい傘さしてた。すごくお似合いの」そう言って相手はうっとりした目を天井に向けた。「忘れられない」

私は、石突きの尖ったワイン色のフォックス・アンブレラと、歩きの下手な弟を足首まで覆うための雨合羽を取って祖父の家を出た。その傘は父や叔母の記憶にもほとんどないほど若くして亡くなった祖母の物で、何度かの修理を経て今も祖父の家の傘立てにある。直接聞いたわけではないが一番の忘れ形見らしく、我が家では、機会があればこれを使って人目や空気に触れさせることが良しとされていた。風の強くなりそうな時に持って行くべきではなかったけれど、私はこの傘を使うのが好きだった。

「はっきり覚えてるんだけどね、持ち手のとこに紺のタッセルがついてて」弥子ちゃんのお母さんは右手で傘を持つ振りをして、人差し指だけ少し離して鉤を作り、「それを、この」と言いながら左手の同じ指で差し、くるくると回した。「持ってる手の指に絡ませて、雨の中、すっと立ってるの」と言うと、隣の夫を見た。「すごいのよ」

タッセルは今もその色でついている。弥子ちゃんのお母さんの記憶の細かさと自分が珍しくふらふらせずに立っていたこと、傘をくるくる回し始めなかったことへの驚きを余すところなく表情に出し、相手への称賛に代える。

それでいながら、私はつい余計なことを考えていた。もしもあの時、「うん」とか「お願い」とか答えていたら、私はこの信頼に足る観察者から叔母と私の様子を聞き出すことができたのではないか？　それに比べれば、湖水地方の名士が何ほどのものだというのか。

「洋一郎くんと帰ってってたから、あ、洋一郎くんのお姉ちゃんなんだってますます気になっちゃって。お友達になりたいなって思ったのに、その一回しか会わなくて残念だったのよ、ずっと」

「お友達？」

突拍子もない言葉に、思わず笑って問いかけることができてほっとする。ゆき江ちゃんは五年前に死んだ。今は誰も、彼女の話はしていない。

「そう」弥子ちゃんのお母さんは満面の笑みでうなずいた。「それがまさか、お友達どころか、ねえ？　うれしいわ」

「本当ですね」とこちらもしきりにうなずく。「うれしいです」

「だからね」急に前のめりになったお父さんが「元から、これは」と妻を指差して言った。「ずっとファンだったんですよ。作家になる前から」

叔母というシロクマのことだけは考えまいとしているうちに問題が複雑になり、それからはもう何を喋ったのか覚えていない。その後の二人の様子から察するに、それほど失礼な振る舞いはせずに済んだと信じている。

弟と弥子ちゃんが合流してぞろぞろ連れ立って行ったのはホテルからほど近い路地裏にある創作料理の店で、後で聞いたら一人六千円らしい。漆喰調の黒壁に囲まれた二番目に広いという個室は、七人入っても余裕があった。大テーブルを前にして、とくに席は気にせずとみな口々に言いながら両親の次、真ん中に通されそうになったのを、弟を押し込んで一人余る形で端に座る。

こちらの父の何の変哲もない挨拶、静かな笑い、そして乾杯。すぐそばにいる弟と弥子ちゃんとだけグラスを合わせ、後は掲げるだけにする。めでたいだなんだと半分よそよそしく話すうちにゆっくりしぼみかけた座が、頼みの料理の登場でにわかに活気を取り戻す。

先付けや前菜らしきものが一品ごとに三つ出た。最初はボイルした牛タンの薄切りにサルサヴェルデを塗ったもので、サルサヴェルデというのはイタリア料理で使われる野菜のソース、そこにちょっと和の隠し味を加えてございまして云々という説明は、「ようこそ仙台へという思いを込めて、一品目から名物の牛タンを提供させていただきました」という言葉で締めくくられた。

明日に備えて色々と話が通っているらしく、弥子ちゃんの皿は二枚のところを一枚に、代わりに季節の花が添えられていた。みんなで中腰になって感心していると、ずっとあったに違いない心からの祝福の気持ちが前に出てくるような気がした。

なのに、全員が腰を下ろしたタイミングで弥子ちゃんのお母さんが言った。

「それから、景子ちゃんもおめでとうございます」

私が目を向けると同時に、その奥から男らしい気のこもった拍手が響いた。自分で思ったよりも大きな音が出たらしく、弥子ちゃんのお父さんはちょっとおどけて手を大きく離した。

見つめる私の視界の端がちょっと歪んで見えたのは、こちらの身内が揃いも揃って先を案じ、微妙な笑顔を浮かべたせいだろう。ほとんど姉ちゃんのためにやるのに、とかいう忌まわしい言葉が思い出された。

「まさか、身内に作家ができるとは思いませんで」と弥子ちゃんのお父さんは上機嫌で言うのだった。「本を出すだけならうちの同僚や引退した上司だって何冊も出してますけどね、そういうんじゃなく、えらい賞をもらうような、ちゃんとしたものですから。これは本当にすごいこと――」

知らぬ間に挨拶のようになってそれから二、三分は続いた演説の締めは、全員がグラスを持つように促されての二度目の乾杯だった。手をのばしてくれた弥子ちゃんとだけグラスを合わせて一口飲んだら、そのお父さんが席を立ってやって来て、お母さんも「ずるい」と続いた。そのたびに波立った烏龍茶に口をつけたら、もう半分も残っていない。

「私ね」落ち着く間もなく、弥子ちゃんのお母さんが言った。「よく知らなかったから申し訳ないんだけど、あれは、一つ書いて、二つの賞を獲ったのよね?」

「そうです」と私は答えた。「デビューするための賞と、それとはべつに評価していただいた賞」

「得だよね」弟が横から、割に大きな声で言った。「めちゃくちゃお金もらえるもん」

「そうそう」と私は応じる。「合わせて百五十万」

気の置けない姉弟の会話は、もちろん先方のお気に召さない様子だった。弥子ちゃんのお母さんは微笑んだ口へ、そんなに強くない、ジュースみたいと話していた果実酒を一口あてて湿らすと、声の調子はそのままに言った。

「選評でも素敵なこと書かれてたね？　誰でしたっけ、あの人、有名な――」

反省しながら悪いことは続くもので、それを知らない私は答えられないし、素敵なことを思い出して書き置くこともできない。首をかしげつつ目をやると、母は語気を明るく合わせながらその女性作家の名前を口にした。

「あ、そうだそうだ」弥子ちゃんのお母さんは嬉しそうに頷いて「読んだことあるのに、私」と軽く曲げたいくつかの指で鎖骨あたりを弾いたあと、「あれ」と我に返ったように目を丸くして呼びかけた。「景子ちゃん」

やはりその声は、私を呼ぶ時だけ声色を変えるみたいに、叔母が言うのと同じ塩梅で空気を震わせるのだった。また烏龍茶を一口、バカ正直に喜ぶ脳に水を差してから身構える。

「もしかして、読んでないの？」

叔母が絶対に言わないこと――ひねったモノマネのように感じながら「そうなんですよ」と申し訳なさそうに答える。

弥子ちゃんのお母さんは驚くように開けた口で長いこと言葉にならない言葉を転がした後、「それは、どうして？」と素朴に訊いた。

なんか怖くって、とでも言えばよかったのだろう。弟の結婚式前日の会食の場で本音を言う必要なんかないんだし、いつだってそんな風にやってきたのだから。でも、一人で過ごしたこの二年の間に、その類の屈託を抑えこむ勘はずいぶん鈍ってしまったようだった。

「人に何か言われたら、読まれたってことがわかってしまうじゃないですか」

みんなが私を見つめて次の言葉を待つ中、弥子ちゃんの持っている箸の先がゆっくり閉じるのが目についた。ここにいる誰にも伝わらないのがわかりきっていながら少しあせるのは、そのくせこれから話す言葉で、ここにいる善良な人たちだけでなく、私自身のことも納得させようと欲張る気がゼロにはならないから。口に出そうとする言葉は、いつも私に期待を持たせる。賽を振るような話し言葉が憎かった。

「読まれてるんじゃないの、それは」弥子ちゃんのお母さんはもっともなことを言った。「その前から、本になってるんだし」

「そうなんですけど――」

品の良いつもりに笑いながら母の顔色を見なかったのは、気まずいからではなく関係がないからだ。どんな意味でもありえないことだけれど、叔母が末席にいたら私の目は泳ぎながらそっちに向かったことだろう。叔母は、私が知るなかで最も本を読みながら私が訊かなければ本の話なんか少しもしない人間だった。そして、無邪気だった頃の私が自分の書いたものを最も読んでほしがり、年を重ねるごとに読まれるのを恐れ、でもいつか読んでくれるにちがいないと安心させもする、不整脈のように胸を縛るたった一人の読者であった。

　結局、それからくだくだしく並べた言葉は覚えていない。書くとか読むとかについて話す時、叔母の名前を出さずにまともなことを喋れるはずがないのだ。言挙げにはほど遠い言い訳にじわじわ首を絞められて喘いだ。

「とにかく」

「はい」と相手が大きく返したのも、退屈していたからにちがいない。

「理由はどうあれ」となるべく柔らかそうな、曖昧なのを選ぼうと時間稼ぎをしたところで、一株の茨の中に棘のない蔓を探すようなものだった。私が叔母と果たせなかったこと――そんなことを考えているから、こんなことを口走った。「読んでほしくなんかないんです、誰にも」

　ちょっとした沈黙は覚悟の上だったけれど、弥子ちゃんのお母さんは存外感心したような顔で大きくうなずいてくれた。

「作家になる人ってやっぱり違うのね」と言って、それを育てた母親に目をやる。

「私だったらいっぱい読まれてほしいけど」

「でしょう、普通は」呆れ顔から得られた同意はまずまず穏当なものだ。「だからもうわかんないんですよ、気持ちが」

「かっこいいなぁ」

弥子ちゃんの憧れの眼差しはどうも本心に思えて、ごまかしの澄まし顔を傾けてあげたら嬉しそうに笑った。ずっと持ったままだった彼女の箸先はいつの間にか開いていて、笑うと同時に微かに動いた。

「食べて、食べて」と指図して「あの」とためらいを見せてから全員に言う。「いただきましょう」

くだらない話で時間をとって、という言葉も準備していた口を、ようこそ仙台への思いが込められた牛タンでふさぐ。

「でもね、景子ちゃん」弥子ちゃんのお母さんはこの期に及んで、こんな私を思って付け足してくれるのだった。「本当に、すっごく褒められてたから、安心して読むといいよ」

口元を手で隠しながら、私は笑って小さく頭を下げた。テーブルに乗り出すような母の視線がなくたって、舌を嚙み切りながら、ちゃんとそうしていたと思う。

華やかなお造りが出てきたあたりで、招待客の話になった。

家族のほかにテーブルは五つ。それぞれの友人の卓が二つずつあって、二人とも私立の一貫校だったから中高の友人を一まとめにして、もう一つは大学の友人。そしてもう一つ、共通の招待客として、例の塾の先生や友達のテーブルがあるという。

「先生が二人、塾長と坪井先生」

「あと友達は、トッキーと美織と香堂くん」

おそらくは私のために、二人は分担して説明した。誰が来るのかは知らなかった私も、三人の友達の名前は何度も聞いて知っていたし、トッキーや美織ちゃんは顔も浮かぶ。

「トッキーって、土岐田くんだ」

「そうそう」

弟は小学四年生で通い始めた集団塾が肌に合わなかった。二つ上の私がそこで受験をしたから自然な成り行きだったけれど、のんびり屋の弟には、毎月のテストとかクラス分けとか根底にある競争の雰囲気が耐えられなかったのだろう。面白いぐらいにみるみる元気がなくなってきたのを母はすぐにやめさせ、小さな個人塾を見つけてきた。

母があの判断をファインプレーと自画自賛したのは一度や二度のことではない。そこで一生ものの友人と結婚相手を見つけた今となっては否定するつもりもないけれど、本人が中学受験の勉強を続けたかったかどうかについては、姉として、リビングでの口論というか一方的で激しい説得の後、ダイニングテーブルに座ったまま静かに袖で目元を拭っている弟の姿を何度も見かけたことをはっきり証言するつもりだ。しかしこの弟ときたらその頃から自分の部屋があったというのに、泣くから泣きやむまでの一連を人前で済ませるのだった。こいつは一人きりで泣いたことがないというのは、その頃から私が抱え続けている恐ろしい仮説なのだ。

土岐田くんは地銀、美織ちゃんは外資系メーカーだという。弥子ちゃんは大手広告代理店を体調崩してすぐ辞めたあと、新卒枠で地方公務員試験を受けて春から働いているといていた。話自体は学生時代にいくつも耳にしたような恵まれた苦労話だったけれど、弟の友達の話なら何の衒いもなく聞いていられた。

「香堂くんはもう働いて、何年？」

唐突に母が言うと、弟と弥子ちゃんは顔を見合わせた。

「何やってるんだっけ」母のした質問なのをいいことに私も口を挟む。大学に行かないのが珍しくて少し覚えていた。「車の何かじゃなかった？」

私に気を遣って「そうですそうです」と喝采する弥子ちゃんの声に「自動車整備士」という弟の低い声が重なる。二人はそのまま「トヨタの学校でがっつり四年やってそのまま就職したから……」「今、普通に二年目」と言葉を継いだ。

「就職って、トヨタにだろ？」

弥子ちゃんのお父さんが確かめるように言って、サラリーマンの父親二人に喋るチャンスが到来する。手に職の重要性とか結局経済を支えているのはとか、屁でもない自虐を元にした――これはそのまま退屈な――話が続く。合わせてそつなく会話する父を面白がる気持ちもなくはないけれど、手をつける暇のなかった刺身をここぞとばかりに食べ始めた新郎新婦に私も続いた。

各一切れずつしかない弥子ちゃんはすぐ食べ終えて物足りないのか、大根のツマにたっぷり醬油を吸わせて口に入れる。その箸で穂紫蘇をつつき、弟に表情で何か伝えようとしたが、賢明な判断で私に訊いた。

「コレって食べていいんでしたっけ？　お腹空いちゃって」

「うん」かわいい義理の妹に、とびきり優しくうなずいてやる。「こそいでお醬油に浮かべたりするから、食べれるもんだよ」

「えっ、そうすればよかった。そっか、そういうヤツなのか」

後悔と感心をしながら早速こそいでいる姿がいじらしくて、私は一切れずつ残っている自分の皿に手を添えて言った。

「ちょっといる？　お刺身ならいいんじゃない？」

笑みを浮かべた弟がいかにも興味深そうに目をやると同時に、弥子ちゃんは片目をつぶって苦しそうな顔をした。

「ダメなんです」と表情そのままの声が漏れた。「このあとお肉くるんですけど、それは普通の大きさでお願いしたから」

私と弟が笑いやんだ頃、こちらを気にしながらも話が続いていたテーブルの奥で、会話を仕切り直すような我が父の声――「ですもんね」という言葉尻が耳に入った。

それこそトヨタなんか今とんでもないとかなんとか応じている弥子ちゃんのお父さんの言い方からすると、円安が次のトピックらしかった。そこで腕組みして背筋をのばし、視線が娘の方にやられる。

「だから、弥子」控えめに張られた声は威厳があった。「先見の明があるよ、香堂くんには」

まとまりのない座に配慮したのかも知れなかった。穂紫蘇の陸揚げに忙しい弥子ちゃんは話を聞いておらず、不思議そうに顔を上げた。円安や輸出産業について改めて説明されるとすぐに話がつながったらしく、鼻で笑うように息を吐いてそのまま言った。

「先見の明とかじゃないよ。好きなことやってたら円安になっただけ。やりたくないことやって円安になって得してたらそうかもしれないけど」

どこか責めるような口調にちょっと驚きながら目を逸らしたところで、弥子ちゃんはもう一度言った。

「先見の明とかではない」

「それはそうかもねぇ」

弥子ちゃんのお母さんが反応よく笑う隣で、弥子ちゃんのお父さんはほとんど手つかずだったお造りの皿に箸をのばす。タチウオの銀の皮目が、口に入る瞬間に光った。

「そもそも、将来は独立したいってちゃんと言ってたし」と弥子ちゃんは止まらない。「学校で取れる資格は漢検以外みんな取ったけど、それじゃ足りないんだって。だから働きながら資格取ってお金ためて、ゆくゆくは自分のお店——自動車整備工場？　やりたいの。そう決めてんの、香堂くんは」

「だから」弥子ちゃんのお父さんは娘の方を覗くように言った。テーブルに肘をついて角張った肩の上で、耳がつぶれている。「そのためのトヨタなんだろうって」

弥子ちゃんは「それはそうかもしれないね」と突っぱねるように言い、醬油皿に顔を突っ込むようにして、穂紫蘇をいくつか手早く口に運んだ。

どこの家も似たようなもの。居住まいを正して安心しながら、私は弟の顔を見ないでやっていた。こんな時に間に入るのは、おそらく今日明日だけの使い捨てである上に、作家とやらの威光を笠に着ている私しかいないだろう。

「自動車大学校って、漢検取れるんだね」

私の言葉に母親たちが口々に同意して、掃き掃除でもするように座の耳目をこちらに追いやってくる。

「そうなんですよ」弥子ちゃんのあてつけるような明るい声に表情。「なんか、準二級までは取れるみたいですよ」

「せっかくだから、漢検も取ればよかったのに」

「景子ちゃんもそう思います？」と弥子ちゃんはさらに声を跳ね上げた。「ほら！」とうれしそうに向かいの弟を見る。「私も言ったんですよ。絶対、勉強しないでも取れるんだから全部制覇しときゃいいのにって。洋ちゃんは意味ないって言うんですけど」

話が続き料理が来て、控えめながら酒も進み、父娘の火種はひとまずもみ消せたらしかった。メインの牛タン焼きに舌鼓を打ちながら、私は弟夫婦から香堂くんのことを聞くのが楽しくて、話が落ち着いてしまわぬように質問を続けた。香堂くんはちょっと変わっているという。

「一時期、ゴミをまとめるのにハマってて」

「塾のゴミまとめるのも、一時期は全部、香堂くんがやるみたいになったよね。私たち、ほとんど毎日いたから」

そこで、もう一つの会話の島の片隅にいた母が、弥子ちゃんの方を向いた。弥子ちゃんがそれに気付いて動きを止める。母は聞いていたことを示すために何度かうなずくと、口元をゆるめながら息子を見て言った。

「何回か、うちでもやってくれたっけね？　遊びに来た時、家中のゴミを――」

「やってたと思うよ」と弟が答えた。「覚えてないけど」

しばらく大人しくしていた私は、そこで思わず目を剝いた。

「待って」思い出した興奮で声が弾む。「私の部屋にも来た。ゴミ袋持って、ゴミありますかって。あれが香堂くんだ。会ったことある」

「うえ」弟はいやにうれしそうな顔で唸った。「マジ？」

私とちがって交友関係が広い弟はしょっちゅう家にいろんな友達を連れて来たから、すぐにそれと結びつかなかったけれど、話を聞くほどにあれは香堂くんだった。

「マジ、マジ。ないって言ってんのに本当ですかって食い下がるから、ゴミ箱ん中見せてやったらすっごい残念そうにして。仕方ないから枕元の――」まで言って、これは母の前ではいけないと思ったが止まらない。「丸めたティッシュいくつか放ってあげたら、全部、袋広げてキャッチして――」

「ちょっと」

外面を気にする母のことを考えると私に非があるのだろうが、気のいい義妹は背もたれにごんごん背中を打ちつけながら手を叩いてウケている。

「大丈夫」と私は母の不安を和らげにかかった。「べつに洟かんだやつとかじゃなくて、寝る前に目薬したのを拭いただけ。知ってるでしょ。毎日やるからちょっとたまって――」

母は獣が肉を引きちぎろうとするみたいに首を振った。残りの親たちもこちらを気にしていて、こうなると「失礼」とか恐縮したところで挽回はできないけれど、それなら言ってしまった方が後悔がない。

「だって、香堂くんもお礼言ってくれたし」と強調し、早口だった「ありがとざいます」を迂闊に真似る。

もっと迂闊な弟が「すげえ、似てる」と感心し、向かいの弥子ちゃんも火がついたように笑うから、どちらの母の立つ瀬もない。けたたましい笑い声を気にして、外を通る店員が中を覗いていった。

「十年以上前でしょ」と弟は言った。「それから会ってもないのに、よく覚えてんね」

「まあね」

弥子ちゃんは苦しそうに体をよじらせ、息を漏らしながら「香堂くん、その時」と言った。さらにまた笑って底をついた息で、これだけはどうしてもという感じで「ノックとかしました?」と訊く。

「しない」

新婦のさらなる大笑いが個室に響く。

「両手でゴミ袋の口持ってるからさ」その構えをして「たぶん、ノブをこう、肘で押し下げて」と右肘をぐっと下げて体を傾ける。「肩でドア押して入ってきたの、いきなり。中学生女子の部屋によ？」

畳みかけておいてなんだが何がそこまで面白いのか、弥子ちゃんはもう声さえ出なくなり、体を折るようにうずくまってしまった。大刻みに震える肩の下から「おなかいたい」という声がする。

辛気くさい姉よりよっぽどいいだろうから、私は香堂くんに大いに感謝した。それと、母が笑っていないのは仕方ないとして、父が笑っていることが少しうれしかった。弥子ちゃんのお父さんも和んでいるように見えて、責務を果たした喜びもあった。

でも、一段落ついたあとの弟の一言で、私は再び自分の問題に引き戻されてしまう。

「香堂くん、ゆき江ちゃんにも会った時あるよ」

条件反射でそちらを向いた視界の奥では、母がいつまでも残していたらしいマグロの赤身を口に入れたところだった。今度は獲物にかぶりついてゆっくり鼻で息をしている獣風に黙ったのはまさか、二十歳を超えて家庭を持つ段になっても子供っぽい息子の言葉遣いのせいではあるまい。その目は、息子に「本日の主役」の襷をかけておかなかったことを心底後悔しているように見えた。

その息子だって、この家族の中で同じ年月、弟でもあったのだから同情の余地はある。姉よりも娘時代の長い私とはわけが違うのだ。そういえば、私が大学を卒業して一人暮らしを始める時、弟にこんなことを言い含めてやった。

「ホウ・レン・ソウってあるじゃない」

「ああ」と弟は訳知り顔で言った。「会社の？」

その時も引っかかった返事だけれど、回想の中の言葉までくさすことはない。

「報告・連絡・相談。あんたに言っときたいのは、私が家を離れても、連絡だけは忘れるなってことね」

「ホウとレンって何がちがうの？」

「指示されたことの結果や進捗を伝えるのが報告。何も言われてないけど知っておいた方がよさそうなことを伝えるのが連絡。私は家のことであんたに指示なんかしないから報告は存在しない。よほどのことでもなければ相談に乗るつもりもない。ただその代わり、連絡だけはしとけってこと」

「どんなことをレンすりゃいいの」

「それはあんたのセンスにまかす」

「俺の、レンの？」

「そう、あんたの、レンの、センの、ス」

そんな冗談でいともも簡単に笑うばかりか楽しげに繰り返してしまうこの弟は、抜けているように見えて抜け目のないところがあり、植え付けられたお姉ちゃんの命令は絶対の意識も働いてか、蓋を開けてみれば、贔屓目を差し引いてもなかなかどうしてセンスある連絡を時には写真つきで、思い出したようにしてくるのだった。私はその文面を、手帳の同じ日付けのところにいくつか書き写してある。

——母さんが大事にしている益子焼を母さんが割った

——同窓会のハガキ回収した。指示ちょうだい。

——これ父さんがつけて帰ってきたでかい蛾。けっこう珍しいらしい。

——誕生日おめでとう。夜、姉ちゃんの話をしたあと、小さいサルでも飼うかという話になって、そのあとまた姉ちゃんの話をしました。

——結婚します

それが最後だと思っていた。陳腐でも、現実で演じるなら悪くない物語の閉じ方で開き方だ。それが、こんな「レン」を隠し持っているとは思わなかった。

「香堂くん、ゆき江ちゃんにも会った時あるよ」

こうしてバカっぽい台詞を最前線に呼び出すたびに、耳から胸へと震え下がっていくようなあの時の興奮が蘇る気がする。大きく息を吸ったのは、それを静めるためだ。それから私は、片方の肘掛けに腕をべったりつけて傾き、弟を睨むように、母に挑みかかるように言った。

「へえ？」

窓際のカウチの上、足をのばして背もたれに頬杖ついて外を見ていると、弟のおしっこの音がかすかに聞こえてきた。光の少ない山側を向いた窓は明るい部屋の中をよく映して、顔を近づけなければ外が見えない。

だから、歯みがきを始めた弟がサニタリールームから出てきた時、ようやくワッフル地のナイトウェアに着替えているのもわかった。お風呂上がりに大喜びで着た備え付けのバスローブを、気持ちがいいとなかなか脱ごうとしなかったのだ。

「姉ちゃん、バスローブどこやった？」

「バスタブ」

「へえ」と泡にまみれた声。「そういうもん？」

「明日もう一回入るつもりだったらごめん、取っといて」

「たぶん平気」のあと、独り言のように「いや、入った方がいいか。頭整えるし」と小さな声で言った。「どうだろ」

「あんたさ」と私は振り返って言った。「先に歯みがきして、それからトイレ行ったら？」

「なんで？」

「なんとなく」

呆れて向き直る時、同じナイトウェアを着た自分の襟元が目に入った。弟と同じ格好をするのなんていつ以来かと思いながら、窓ガラスに前髪越しの額をつける。それこそ家族で旅行に行った最後、私が高校の時だろうか。でも、あの頃は二人部屋を二つ取って母と一緒になる方が多かった気がする。どこかの温浴施設の館内着が一緒だったか、それともあれは色違いだったか。いずれにせよ、高層ホテルの窓辺で眼下の自動車の動きを追いながら考えるにはずいぶんくだらないことだった。額を離すと、いつもよりは丁寧にやったスキンケアの跡がほんの少し窓に残った。拭おうと思ったナイトウェアの袖が短くて届かなかったけれど、体を起こす気もなく、カウチに寄りかかって頭を落ち着け、歯をみがく弟を見る。

「そういえば」と尋ねた。「今日、なんでこの部屋割りなの？」

「四人部屋も考えたんだけど、ちょっと高いから。母さんも別の方がいいって言うし。父さんは何でもいいって言うし」

母が一枚嚙んでいるのは何となく想像がついていた。

「あとはまあ、なんかいろいろ話せるかと思って」

「弥子ちゃんとお父さんの関係とか？」

咄嗟に上を向いた弟は、口角から泡を垂らしながら洗面台にすっ飛んでいった。かすかな水音と忙しないカチャカチャした物音を聞きながら、足が少しずつ冷え始めているのを感じた。カウチから窓寄りのベッドに移って丸めた体の足先だけをシーツの隙間に入れたあと、多すぎる枕の中から使うのを選んで脇に置き、それ以外を積み上げて寄りかかる。

私の寝床作りには目もくれず、弟は空いたカウチまで来て狭い奥行きのところにあぐらをかいた。ガラス窓に額を寄せて下を覗きこんでいる。私は斜め後ろから、短く切られたサイドの髪の下にある寒そうな耳を見つめていた。そのすぐ横に、ガラスを汚した私の跡があった。

「まあ、そういうのも含めまして」と言う口元は肩に隠れて見えない。「いろいろと」

「普段からあんまり仲良くないの？　今日だけ？」

「最近は普段からかな。去年ぐらいから、なんかあるとああいう感じ」

「なんで？」

「俺ら、大学卒業したらすぐ結婚するって付き合い出した時から言ってたんだけどさ」

「あたし知らなかったんだけど、付き合い出したのっていつの話？」

「姉ちゃんが出てってからだから、知るわけない」

「報告しなさいよ」

「連絡だろ」

不覚にも言葉を失い、代わりに立てていた膝をのばし、冷たいシーツの奥へゆっくり足を差し込んでいく。そんな風に覚えているとは思わなかった。逆に私が覚えていないとでも思ったか、弟はそのまま話を続けた。

「で、それ話す時もお父さんはけっこう反対っていうか、まだ先でいいだろうって感じだったんだよね」

「まあ、わかるけど」

「で、俺の卒業が一年遅れたから、二人の間でも自然とまだって感じになったんだけど、俺が内定出る頃に弥子が会社辞めてさ。けっこうしんどかったらしくて」らしくて、なんて聞いたような言葉は相応しくないに決まっているけど、意を酌み「そしたら?」と次を促した。「お父さんが?」

「急に結婚は早いほうがいいって言ってきて」弟の額はいつの間にかガラス窓にぴったりくっついている。「俺が就職したらでいいんじゃないかって」

「なるほどね」

「こっちもそのつもりだったから反対する理由もないんだけど、それでかえってもやもやしてさ。でも弥子にしたら、めちゃくちゃ頑張って入った会社すぐ辞めた途端にそんな手のひら返されたら頭にくるっていうか。生活の心配してんのかもしんないけど、べつに、そのために結婚するんじゃないんだし」

じゃあ何のために結婚すんの？　と訊くタイミングは逃した。弟の言葉に浮いている苛立ちを珍しがっていたせいだ。でも、それだって答えに含まれるのだろう。

「しかもそのあとすぐに区役所決まったけど、それはそれで、役所の仕事なら結婚生活も大丈夫だろうとか言っちゃうんだよ、そういうとこはある」

「うちとは真逆のタイプだもんね」放任主義の父を思い出しながら言う。「でも、結婚しちゃえばそれで丸く収まるんじゃないの」

「それはそうだと思うから、俺も何もしてないんだけど」

「ていうか、今の聞いててますます思ったけど、あんた、あそこでよく口挟んだね」

「どこ？」

「賞の話になった時、お金の話振ってきたでしょ。向こうの親御さん、どう見てもそんな話にしたい感じじゃなかったのに」

「あれか」

弟はおもむろに体勢を変え、カウチに普通に背を凭せかけた。片膝立てて上半身をひねり、窓にぴったり頬を寄せると、私からその表情は見えなくなった。

「あの時、最初は牛タンの心配してたんだよね」

「は？」

「いや、一品目からみたいな説明受けたじゃん。あそこで、今日はこれでもう牛タンはおしまいかなって思わなかった？」

「ぜんぜん？」と心の底から言った。「ていうか、あんたは料理の説明聞いてないの。弥子ちゃんは、メインだか焼き物だかで牛タン出るのも知ってたでしょ」

「弥子が全部やったからわかんない」

「まあ、そうか」

「で、そんなこと考えてたらあんな感じで姉ちゃんのお祝いが始まったからさ。このまま続いたらきっついなと思って」

「それでお金の話？　娘の結婚相手が低俗な奴だなんて誰も思いたくないんだから、やめときなさいよ。私だってバカじゃないし、我慢でき――」

「べつに」笑う息が、尖った曇りを窓に走らせた。「姉ちゃんのためじゃないし」

その白は一瞬で縮んで消えた。見所を失って、窓の奥に浮かんだ室内と外闇との重なりが迫るような気がした。

「なら、誰のため」私は声を潜めて訊いた。「お母さん？」

「自分のため」弟はなんとなくうるさそうに、爪で摘まむようにしてもみあげを梳かし始めた。「なんかちょっともう、聞いてらんなかったから」

「そうなんだ」

「弥子は俺がちょっと話して知ってるから言わないけど、向こうのお父さんとお母さんはあれこれ言うじゃん。知らないからしょうがないけど、それでもどうしてもさ、何にも知らないくせにって思っちゃうんだよね。俺だけじゃなくて、うちの家族みんなだよ、たぶん。母さんもあんな感じだけど、立ち入らないでくれっていう根っこのところは一緒だと思う」

「なに」眉から目から口から、顔の右半分だけ動かす昔からのやり方で凄んだ。「何の話してんの？」

見ないでも私の表情がわかったに違いない弟は条件反射で言葉をつまらせたあと、「だから」と言った。「何にも知らないくせにってのは、ゆき江ちゃんと姉ちゃんのことをってことだよ」

「ますます意味不明」

「いや、それはウソだね」

顔を背けて言うと、弟はカウチから滑り降りるように立ち、冷蔵庫まで歩いて行った。わざわざ正対してしゃがみこんで私に背を向けながら、ミネラルウォーターを取り出した。

「あたしのも取って」

「ないけど」

「冷やしてないもん。机の上」

デスクの隅のボトルを見つけて取ると、弟は私に向かって二回だけ放る仕草をした。受けてやろうと構えたのに、そのまま歩いて来てナイトテーブルに置いた。

「なんでそうやって、飲み物とか果物とかグミとかバカみたいにキンキンに冷やすの」

「キンキンじゃないよ」

カウチに戻った弟は今度はこちらを向いて座ると、キャップを開けて一口飲んだ。

「冷感スプレーの缶、牛乳の横で三本も冷やしてた時は愕然としたね。まとめて湯煎してやろうかと思った」

乾き気味の笑いを急に打ち切って、弟は「ヒヤシグマ」と言った。「姉ちゃんさ」とミネラルウォーターのボトルの底を私に向ける。「なんかそれで作文の賞とったんだっけ？　小学生の時」

私は「ヒヤシグマの生態」とそのタイトルを答えた。もしかしたら、哀れなるという形容動詞を入れていたかも知れない。「あれは普通の授業で書いたから賞とかじゃない。あんたが一時間かけてガチガチの冷凍ミカン食べるとこから始まるやつでしょ」

「そうそう」弟は興奮してきたようで、ペットボトルを床に置いた。「俺が台所の流しでミカンこすってってさ。でも、あれはアライグマじゃありませんって」

「我が家のヒヤシグマが、冷凍ミカンを必死で解かそうとしているところです」

作文はそのあとも、いい具合に解けるまで置いておこうと思ったら忘れて歯みがきしてしまったり、湿布や目薬や電池なんかは言うに及ばず、明日つけていく腕時計までそれらしく卵に巻き付けておいて忘れたり、その卵だってゆで卵は冷やしたら生卵に戻ると思っていたりと、弟の間抜けな話が続くのだった。

「にしてもあんた、よく覚えてんね」私は素朴に驚きながら言った。「ていうか、読ませたっけ？　さすがに書いてるから読ませたのかな？」

「姉ちゃんが読ませるはずないじゃん」

「じゃあ、なんで知ってんの？」

「俺の授業で先生がみんなの前で読んだ」

「そうなの？」

私が見つめた途端、弟は目を逸らし、組んだ足の上の膝を両手で持った。ゆっくり体を後ろに倒していきながら天井に向いた目が虚ろになり、それはカウチに深く寄りかかってからもしばらく続いた。

「ちょっと――」

「いやさ」弟の目に生気が戻る。「俺が五年の時。姉ちゃん卒業してるのに、いい作文だからってコピーとってあってさ。だって、俺のその時の担任が——やばい、名前ド忘れした。いつもオールバックで、ちっさい青いスポーツカーで来てた——」

「小川先生」

事ある毎に自分が独身だということを冗談めかして弱る四十過ぎの先生で私はとくべつ好きではなかったけれど、確かに、いやというほど作文を褒められた覚えはある。それでなおさら好きになれなかった。

「そうだ、小川先生」と弟は言った。「年賀状、ちょっと前から来なくなったな」

私が家を出る前は、姉弟二人宛てに毎年来ていた。今までの教え子全員に年賀状を欠かさないというのが彼の誇りだった。添えられた手書きの短文はそれぞれそれを忘れていないということを証明する内容で、そこにも、私については作文のことが書かれていた。毎年毎年、文面を微妙に変えながら。

「じゃあ、二年前から来てないんだ」私は背中の枕を後ろ手で調整しながら言った。

「私がいる時は毎年欠かさず来てたもん」

「そっか。でもなんでだろ。定年？」

「定年したらなおさら出すでしょ」

「なんで？」

「手が空いたら、過去の生徒たちを思い返す時間が増えるでしょ。特にああいう人って――それこそまだ独身だったりしたら――なおさら教師時代の情熱を失いたくなくて、ますます頑張りそうじゃない。これ、バカにしてるわけじゃなくて――」

「じゃあ、なんでかな？」私の心配をよそに、弟は心配そうな声を出した。「なんで年賀状来ないんだろ」

「知らない」

「病気とか？」

「まあ」もっと先のことまで考えていた私は、横に倒れてナイトテーブルのミネラルウォーターに手をのばす。「そういうこともあるんじゃないの」とつぶれた声で言い、俯せのまま蓋を開けて一口飲んだ。「今頃、年賀状の代わりに教え子に会いに回ってるかも。ルロイ修道士みたいに」

「小川先生、自分が見てきた中で一番文章の上手い生徒だって言ってたよ、姉ちゃんのこと」

ふいをつかれ、私は窮屈な体勢のまま水をもう一口あおることになった。含んでから飲みこむと、「ああ」と言って蓋をせずボトルを置く。「その、授業の時に？」

「そう」

私は大きく鼻で息をついた。ほんの少しだけつまりを感じて今度は勢いよく吸いこむと、積み重なった枕のところに戻って、背中を落ち着けて言う。

「この話って完全に初出し？　誰も知らない？」

「誰にも言ってないんだけど、母さんは知ってる」

「なんで？」

「ちょっとあとで母さんが、姉ちゃんの作文が授業で読まれたのは本当かって確かめてきたから。誰かの親から聞いたんじゃないかな。作文自体は母さん、全部取ってあるし」

「まあいいけど」と私は言った。母や弟が私にあえてそれを話さずにきたことは、本当にまあいいのだ。「あの作文、明日の式で私が読んだらウケたんじゃない？」

「関係ないじゃん」

「それがさ」だいぶ温まってきたベッドの中で足をたたんで前のめりになる。「あの作文の最後って「弟は、一人では生きていけないと思います」で終わんの。そこで紙閉じて、向き直って「弥子ちゃん、結婚してくれてありがとう。こんな弟ですがよろしくお願いします」で頭下げて締めれば絶対ウケる」

「それはそうだわ」

平静な声。弟は聞くと喋るをそのまま並行させるようにはできていない。だからたいてい聞く方に回ってにこにこしているのだけれど、何かこれを喋ってやろうと決意している時は聞く方がおろそかになり、私の小咄もルロイ修道士も見過ごしてしまう。そこでいよいよ口を開くそんな時は、こんなことを長々書き挟めるぐらいの、ゲームで一度きりの大技を繰り出す時にもよく似た、やや迂闊な間が生成されるのだった。

「姉ちゃんが学校の作文にああいうの書かなくなって、父さんも母さんも残念がってたよ」

私は身を硬くして、目だけで声のする方を見た。弟はカウチに深く寄りかかり、組んだ足の膝頭に両手を重ね――ずいぶん前に目にしたのと全く同じ姿勢のまま私を見ており、それで私は長いことそちらを見ないで喋っていたことに気付いた。

「学校でなんか書いても見せないし、文集とかに載ってどうしても見られるやつはテキトーな、誰が書いても同じみたいな、めちゃくちゃつまんないやつだし。どう考えたってわざとフツーに書いてるやつ」

「ふん」鼻を鳴らすというより口で言いながら、アッパーシーツの折り返しを両手でさらに折りこんだ。「つまり意図は伝わってるわけ」

「だから父さんも母さんも、姉ちゃんがそういう仕事してるの喜んでるよ。ああいうのをまた読めるから」

姉の言うことをてんで聞かない弟に負けて黙る。そういう仕事はともかく、ああいうのが指示するものはいまいちわからないけれど、書いたものに対してそんな喜び方をしているのは意外だった。とはいえその喜び自体はぜんぜん知らないものでもない。それはたぶん、弟の部活の試合を観に行った時にルールもさほど知らないままわしないバスケットボールの動きを追う母が味わっていたのと同じものだろう。その視線が急に自分がお腹を痛めて産んだ息子にぶつかると、母はそのたびに短く声を上げるのだった。

弟は水を一口飲んで蓋を閉めるとひっくり返し、ボトルの底の窪みをあごにぴったり当てて床を見た。また何か言おうとしている。私のことはいいから、あんたの話をもっとしようよ。弥子ちゃんのことでもいい。二人のことがいい。もう、どれくらい話しているんだろう。

「さっきの話さ」弟は言って、まだ私の守勢は続くらしい。「誰にも教えてないって言ったじゃん?」

こっちの反応も見ないで弟は言葉を継いだ。

「ゆき江ちゃんには半分教えたんだ、割とすぐ」

「半分」

「作文が授業で読まれたのは言わなかったんだけど、小川先生が姉ちゃんのこと、自分が見てきた中で一番文章が上手い生徒だって言ってたってのは教えた。そん時は、喜ぶかと思って」

今はそう思わないとでも言いたげに声を低めたけれど、これは弟の理解不足と言うほかなかった。なにしろ、ゆき江ちゃんが一番好きな私の表情は「褒められた時の、バリウム飲んでおくびを我慢しているような顔」なのだ。バリウムなんか飲んだことないと文句を言うと、その顔が好きなのはあなたの健康の指標になるからだと答えた。あごを引いて床を見ている私の肋骨の下でぴくぴく上下する横隔膜を想像するのは、土にこもった冬の虫を思わせてなかなかいいのだそうだ。あれから下火になったその検査すらゆき江ちゃんは受診せずにいたのだから自業自得だけれど、私もまた観念上の腹の影を映されるのにはずいぶん慣れてしまった。

「で?」興味なさげに促してみる。「ゆき江ちゃん、なんて?」

「俺が思う一番いい時に、それを姉ちゃんに教えてあげろって。でも、その時は少なくともあと十年は絶対に来ないから、十年は言うなって」

またゆき江ちゃんの先回りだ。浮かれと呆れが半々の気持ちで「それが今だって」と言った。「あんた、そう思ったの?」

「いや、全く考えてなかった。そっちが冷やす話するからまた急に思い出して。十年経ってるよなってめちゃくちゃ計算したし。いや、経ってるのはわかってんの。だってけっこう前——三年前かな? 十年経ったってちゃんと思ったからさ」

「ゆき江ちゃんって、みんなにそういうことやってんのね」

まるで自分が死ぬのをわかってたみたいに。

「そう」と弟は言った。「でも、だいたい姉ちゃんのことじゃない？」

「私さ」そこで長いこと黙ったのは、べつにためらいというわけでもなかった。「仙台でゆき江ちゃんと行こうと思ってた場所、一つずつ回ってんの。ゆき江ちゃんの病気の前に計画してた旅行で、三つぐらいあんだけど」

「どこ？」

「言わない」

「いいけど」弟はペットボトルを膝の間に挟むと、ささくれみたいに剝がれかけていたラベルの擦れる微かな音と同じくらい小さな声で「それってさ」と言った。

弟が黙る――これは明らかにためらいだった。許可するように「うん」と促した。

「楽しいの、悲しいの」

楽しくないし、悲しい――あからさまな忌み言葉を新郎に突っ返すのもなんだし、すぐに出てきたその言葉が本当かも怪しかったから、私も黙った。

「ごめん」

案の定の態度を「何が」とあしらって「今日一つ行ったけど、正直わかんない」と答えてみる。「明日、二つ目行く。明後日、三つ目。それで何の収獲もなきゃ帰る」

「明日って、午前中に行くってこと？」

「間に合うように戻るから」

「うん」

「なんか心配してるみたいだし、どっちだったか報告してあげようか。楽しかったか、悲しかったか」

また少しためらってから、弟は「うん」と答えた。

「明日の朝ごはん、いちばん早い時間に行きたいからそろそろ寝ようかな。あっちの家族に会ってもめんどくさいし」

「うん」

「うん、じゃないって」

冷たい言い方をしながら、ナイトテーブルに置いていた目薬を注したら変にしみた。目をつぶったまま手探りでミネラルウォーターの蓋を閉める。濡れた睫毛を使う気のない枕の一つに押し当てて、それらをまとめて床へ雪崩のように落としたら、一つは弟の足下まで転がっていったのに、何も言ってこない。

「あんたも早く寝なさいよ」枕を折らんばかりに勢いよく仰向けになって天井を見る。「明日に備えて。あと私が明るいと寝れないの、知ってるでしょ?」

うん、と言ったのかわからないぐらいの空気の震えがあった。煮え切らないのか満たされているのか判断を委ねるようなぐずぐずが癪に障るし、先が思いやられる。結婚ぐらいで私たちの何が変わるわけでもないのに。それとも弟にしか、家を出る方にしかわからないようなことがあるのだろうか？

「そんであんた、話せたの？」と天井を見つめながら訊いてやる。「話したいことは」

「うん」

「私は一個まだなんだけど」のあとすぐ、間なんか空けてやらずに「おめでとう」と言った。「これは本当に思ってんの」

「うん」

馬鹿の一つ覚えの直後、出し抜けに水を一口飲む音がしたせいで、急にこのぐずぐずの一番古い記憶を思い出した。私がやっと小学生になったぐらいだったか、どこぞの遊園地で二人、どうせ私の向こう見ずのせいだろう、両親とはぐれてしまったことがある。私について来るしかない弟はずっとめそめそして、そのくせ立ち止まるたびに持っていたペットボトルのぶどうジュースを一口飲んだ。だいぶ経ってから私にも差し出してきたけれど、その微々たる量と数センチも積み上がった泡立ちがたまらず、でもそれは言わずに、いらないと断った。すると弟は、堰を切ったようにわんわん泣き出したのだ。意味わかんない――かまわず歩き出した私の後ろを、泣き声はずっとついて来た。両親の元に辿り着いた時、弟は迷子の不安で泣いたことになっていたが、私はちがうと知っている。誰も飲まないぶどうジュースの一口は、途中何度も母に質問され、やがて注意になり、それがだんだん険のあるものに変わっても、とうとう家まで持ち帰られた。

「あんた達、まだ一緒に住んだことないんだよね?」と私は言った。「あんたの仕事が落ち着いたら家探すとかって聞いたけど」

「うん」

「じゃあもう一つ、これ、ほんとに最後に忠告しとくけど、二人で一緒に住むようになったらさ」

「うん」

「おしっこ、座ってしなさいよ」

それも「うん」だったらこっちが笑っていただろうけど、弟が頼りなく笑ったから、私はようやく黙ることができた。

世話の焼ける、私のたった一人の弟。ゆき江ちゃんと私は、弟のことをよく話した。弟のいないところで弟のことを、どんなことよりも多く、長く。この時でさえ、今宵仕入れた弟の言動をゆき江ちゃんに伝えなきゃというあせりが行き場をなくして、何度かのうっとうしい寝返りになった。私が家を離れた一番の理由は、これが厭さだったのかも知れない。弟がまた洗面台で何かやり始めた音を聞きながら、二年の歳月を残念に、また申し訳なく思った。

結局、朝食は家族四人で一緒に食べて、弥子ちゃんたちには会わなかった。部屋は十二時まで使えると言うから、荷物だけまとめて、結局シャワーを浴びようとするところだった弟に行き先を告げ、私はホテルを出た。

「教えてくれんの」と上半身裸の弟はうれしそうに言った。

「地底の森ミュージアム」スマートフォンを見て読み上げ「仙台市富沢遺跡保存館」と別名も言う。「行ったことないでしょ」

「ない」と弟はつまらなそうに答えた。「姉ちゃんとゆき江ちゃんと趣味ちがうから」

九時の開館に合わせて長町南駅まで地下鉄南北線に揺られる間、昨夜の言葉を、さっきまで聞いていた声のままに反芻していた。それは毎回「それってさ」と、遠慮がちな前置きで私の胃を震わせ腹を立たせた後、喉を介することなく脳裏に浮かんでくるのだった。「楽しいの、悲しいの」

駅から五分とかからないその場所は緑に囲まれ、周りの土地より一段低いところに埋まりながら、地上一階建ての外観を見せていた。受付は地下にあり、入ってすぐに保存された遺跡のある広い空間に出る。

長い方は五十メートル以上あろうかという楕円の空間は、厚く高いコンクリートの壁に囲まれ、床はなく、内周に沿って細い通路がついている。天井一面を覆う黒い金属網、その奥にひしめく鉄製の梁やダクト、少ない照明。その黄色っぽい光が冷たい網目越しに照らしているのは、室内の底面いっぱいに広がる剝き出しの地表だ。針葉樹の根が網の目を広げたように張り巡らされ、倒れた幹も目についた。湿潤な沖積地の泥に浸かって腐らずに残ったそれらは約二万年前、旧石器時代のもので、回っていくとシカの糞や焚火の跡に印がつけられていた。

土曜日とはいえ開館直後、私以外は誰もいなかったけれど、しばらくして四人家族がやって来た。年端もいかない兄弟の下の子が、声の反響を面白がって何度も高い声を上げる。それをたしなめる声も、私の耳によく届いた。

「昔の人がここで暮らしてたんだって」

跳ねるように先を急ぐ兄弟に向かって、父親が教育的な優しい声で説明する。上の弥生時代の層からは水田跡が見つかったそうだけれど、それをみな引っぺがして剝き出しにしたこの地層の時代、人はここでは暮らさなかった。焚火はたった一晩の痕跡に過ぎない。その周りから百ほどの石器の欠片が見つかっており、おそらく狩りに出た数人がここで火を熾し、食事や損なわれた石器の手入れをしながら夜を明かしたのだという。

急に暗くなって壁に映し出された復元映画がそれを伝えた。野外で撮影された映像の中で、旧石器時代の格好をした三人の男達は一言も発することなく、そのひと時を過ごす。火を熾す場面は背中から映され、手元も道具も映らない。木の爆ぜる音がスピーカーから響くその間、二万年前からそこにあった地表の木々は消し炭のように沈んでいる。

私は椅子に座ったまま、二十分ごとに流れる十分間の上映を二度見た。いかにも痕跡のマニアであった叔母の好きそうな場所だったけれど、こういう予想が当たった例がない。叔母は、姪からの問いをはぐらかし続けることに命を賭けていたから。該博な知識と自在な引用によって提供された無限の道の中から、彼女は私の目が届く位置を選んで離れる。掬ってこの喉を潤すことを願った逃げ水は、そうして何度も追いすがるうちに消えた。

三度目の上映が始まる頃には十数人の人がいて、何組かについていたボランティアスタッフのうちの一人が、代表して映像に説明を加えていった。

「この撮影は、土地の特徴と植生が似ている、北海道は大雪山の麓の湿原で行いました」

「もちろん当時の人々も何か喋っていたはずですが、どんな言葉を使っていたやらわかりませんので、こちらの俳優さん方は一言も喋りません」

「残念ながら火を熾す道具は見つかっていないので、後ろからのアングルで手元を隠しております。間違いを描かないために、こんな工夫をするしかないんですね」

はきはきした老人の声を聞きながら、私は焚火の跡に視線を下ろした。天井からの赤い光は彼らのひと時の跡をある時は縁取り、ある時は一帯を照らし出している。鹿が長く鳴いて映像が終わり、広い室内にゆっくり弱い光が行き届くと、二万年前の地表の凹凸が目に見えるようになる。

「映画をご覧になった方は、こちらへどうぞ」別のボランティアスタッフが張りきって人々を誘導する。「焚火の跡を間近に見ながら、詳しい説明を始めてまいります」

座ったまま俯いている私の視界を、スニーカーばかりが次々と横切っていく。叔母が死んで五年、その克明な記憶を失いつつあることを感じている私の耳に、こんな工夫をするしかないという言い訳じみた言葉がこびりつく。この場所に、私と叔母の記憶はないということが思い知らされた。

「映像をご覧になった方、こちらへどうぞ」

スタッフが大きな声を出して、それはおそらく私を呼ぶ声だった。

「いいんですか」

彼の周囲にいる人々は、それが自分に向けられたものと気付いていないか、あるいは意固地になって無視しているバカな女を見ていただろう。

「説明を始めてしまいますよ」

半ば呆れたような一際大きい声にも、私は応えなかった。

人々は遠いし、さほど明るくもないのだから、顔を上げたところで私の感情を気取られることはなかっただろう。ただ、どう見ても楽しみとは言えないそれを悲しみとする踏ん切りもつかない私は――誰かが説明を始めてしまうとしても――全ての解釈を否定してそこに座っていなければならないのだった。

気付くと目を閉じていた。目を開かなければ涙は流れないというバカげた思いつきを行動に移したのは、この時が初めてだった。私がもし本当に涙のあふれるような悲しみの只中にいるとして、あらかじめ目をつむり、感情の発露という誘惑に抗いその目を開けずにいれば、涙はこの薄ら狭い瞼の裏を満たしきり、鼻口に流れて言葉になろう。それを黙って飲みこむ時、手先の震えが文字になろう。

叔母を失って以来、おびただしい数の瞼の裏に聖なる感情をしまいこみ、別なる心情として書き並べてきた。読んだところで誰一人、瞼の裏を覗けはしない。私もまた、二度とそこへは戻れない。こんなことは、無邪気に書き始めた最初――おそらくは叔母に日記帳をもらった十一歳の時――からそうだったのだ。手遅れという形でしか現れない初心に気付いてこれから先、どんな工夫ができるだろう？

光に満ちた白いチャペルで誓いのキスを見届け、受付をしてくれた土岐田くんと美織ちゃんに挨拶をして、披露宴の家族席の一席に腰掛けて、ようやく人心地のついた気がした。両家とも他に比べて小さい四人卓で、新婦側には両親だけが座っていた。

　この先も飽きるほど繰り返されるであろう思い出話のために、その様子をいちいち詳しく描写しておく出過ぎた真似はしまいと思う。

　弟の凜々しいタキシード姿も、弥子ちゃんのプリンセスラインのウエディングドレスもサテン生地のフィンガーレスグローブもみんな映像に残されている。手袋すると指先が猛烈にかゆくなるという弥子ちゃんの体質も、本人や弟がわざわざ一時停止して思い出させてくれるだろう。弟のために集まった人達のそわそわした笑顔も、二人の出会いを繙く塾長のすばらしい主賓挨拶も、任されるだけのことはあって妙な世間慣れが笑いを誘った土岐田くんの乾杯も、派手に落っことしたファーストバイトも、中高時代の友人の若さ溢れる勘の悪いスピーチも、私がここに書く意味などないのだった。何かについて書き残すということは、遅かれ早かれ自分の間違いを思い知るということなのだから。

　叔母は書くという損な役回りを徹底的に押しつけることで、私をフリークに仕立て上げた――それこそが、言葉狩りにめげることなく私が死守しようとしている物語である。ひとしきり気の済むまでぎゃあぎゃあやるつもりなのは、叔母が何も書かなかったこと、私の書いたものを少しも読まなかったことに対する腹いせからだ。これは、叔母がどんなに私を思ってくれていたかということを、その死後も巧妙なやり方で繰り返しほのめかされ時には泣かされたところでぴんぴんしている、根深い恨みである。

ただ、私もおめおめ生きているわけではないから、意趣返しの手立てを少しは学びつつある。それは一種の思考実験で、たいていは私が一人暮らす家の本棚と机だけの部屋で行われるのだけれど、新郎の姉らしく落ち着いたネイビーのアフタヌーンドレスに身を包み、曰く付きの真珠のネックレスを首にかけた晴れの場でも、やはりお構いなしに始まってしまうというのが今回の発見であった。しかもこんな日は、その実験の全体がいつもよりバカに鮮やかに現れるらしい。

それは、新婦に遅れて中座する新郎のエスコート役に突然指名され、「文学賞をとって小説家デビューをした」「新郎が幼少期から頭が上がらない、誰よりも頼りにしているお姉さま」であると紹介されたものだから、新郎の手を取ろうとしたのを途中で止めて居丈高に腕を差し出し直し、そっと手を回してきた照れ笑いの弟を明るい笑いと拍手の中へ引っ張っていく最中、両親のいるテーブルのさっきまで自分が座っていた空席がちらと目に入った時に、閃くように始まったのである。

五年前に死んだのが私の方だったら？

叔母があの席に座っていたら、叔母は甥のことなんかそっちのけで、ずっとかわいそうな姪のことを思い出していたはずだ。新郎のこれまでを振り返る写真に、時には自分と共に写っている姪のことを。祝宴が済んで東京に戻ると、家族の口から何度も語られる、娘や姉としての私のことを。祝宴が済んで東京に戻ると、叔母はその母親に頼んで、姪が生前に書いた膨大な言の葉をようやく拾い始める――というのは私が叔母に与えられたと信じて疑わない愛から導かれる憶測に過ぎない。だがしかし、これは弟夫婦の幸福と同じくらいに間違いのないことである。また、それを読むほどに叔母の胸に募っていくはずの後悔を慰めてくれるのは書くこと以外にありえないというのも、同じくらいの確信をもって言うことができる。なぜなら、叔母が読むことになる私が書いた雑多な文章の中には、私について書かれたものなど一つもないのだから。つまり――落ち着いて、ごく簡潔に――私が先に死んでいたら、叔母は私のことを書いたんじゃないだろうか？

中座した裏で大いにふざけながら撮ってもらった写真には、やっぱり自分が死ねばよかったと思いながら口を四角に歪めた笑顔の私が、弟の喉元に突き立てたピースサインで写っている。裏腹に、という語が必ずしも相応しくないのは、そう考えるのは私にとって愉快なことだからだ。でもそれで改めて、今さら私が死んだところでゆき江ちゃんの後悔も慰みも糞もなく、一つの文字さえ書かれはしないということを思い知りもする。そのくせ席に戻れば、紹介される祝電の列に叔母の名前が出てくるのではないかと周りに少し遅れた食事の手をゆるめて耳を傾けているのだから、まったくおめでたい日というほかないのだった。

　さて、この入り組んでいるように見えて一本道の思考実験は、どん詰まりの壁面にいつも同じ結論というか全く無関係の総括が、他が焼け落ちるというバカ好みの形で浮かび上がる仕掛けになっている。それを芝居がかった深刻さで心に読み上げるという茶番を、私はここでも繰り返すことになった。それも暗転の中、お色直しをして出てきた二人によって目の前のキャンドルが灯され、つながった灯火が大きく伸びをした瞬間に。

　ゆき江ちゃんのいない世界で死ぬのはつまらない。

　この生と死について何か語ろうとする時には絶えず、そのつまらなさが口蓋にぴったり張りついているような気がする。私がこうして生きる——後悔や慰めの中もしくはその解放の予感の中で書き続ける——ほかなくなることも、叔母はわかっていた。そう考えることも私にとっては慰めで、だからなおのこと腹が立つ。しかもその逡巡や苦悩の産物である文字の羅列は、世間に出せばそれなりの評価を受けて私の生活を支える代物である上に、頼りないが信頼の置ける情報筋によれば、家族の喜びでもありうるのだという。

書くことがあたかも生きるに値するかのような刷り込みは、こうして巧妙に仕遂げられたのであった。気付いたところで抗えるものではなく、むしろそのように生きることしかできない呪い、運命、薫陶？　なんでもいいが、その甲斐あってか家を出て過ごした二十四五の私は、この世界がどんなに魅力いっぱいで、もしくはすっからかんだとしても、腰を据え背を向ける位置を落ち着きなく変えながら一人書くことを覚えた。そしてどうせ叔母の想定の通りに、それで生計を立てる道を歩み始めた。少なからず飛び交う毀誉褒貶は、一人で書くことを押しつけられた私にとっては何の意味もないことだ。

でもこんな晴れ舞台に着飾って駆り出された日には、この世界で生きることはその限りではないという、叔母が事ある毎に気付け薬のように嗅がせようとしていた感にあてられる。書くことは絶えず、書く私と書かない私のどちらを好ましく思うべきか私自身に問う。書かないことには訪れることもないこの静かで鈍い質問は、その都度どちらを選んでも構わないらしいのに、次の機会が迫るたび、過去の自分の間違いを思い知るようにできているのだった。私の書きつけた真実は私がよそ見をしている隙に色を失い、亀裂もないのに抜け殻となって吹きだまる。

後に誰もが口を揃えることになる「いい式」は終始、幸福な空気に包まれていた。足下が定まらないのかブルーグレーのグラデーションチュールを微かに揺らしながら弥子ちゃんが読み上げた両親への手紙だって、それを疑わせるものではない。後で自分でも言っていたが、弥子ちゃんのお父さんはみっともないくらいに泣いていた。弥子ちゃんの方も声を震わせながら、あの時ばかりは、自分の間違いを思い知っていたのかも知れない。十年後、彼女がそこで一時停止したくなるかはわからないけれど。

それにしても、私が真実を書きつけることは、絶対にないのだろうか？　間違ってそれをして、気付かないままでいるということさえも？


「いい人だったなぁ、あのおばさん」

ひどく剝けた唇をほとんど動かさないのにしみじみとした感じで言うと、香堂くんは弟を見やった。

「いい人だよ」と弟は同意した。「ゆき江ちゃんは」

「一回しか会ったことないのに覚えてるよ。笑わしてくれたから」

見送りの最後に出てきた弟の幼馴染たちは私が思っていたよりもずっと私の家族と仲が良く、父と美織ちゃんの談笑なんかは、この話題が始まらなければ是非とも聞きたいぐらいだった。

「お姉さんもそうですけど。最初、避けられてると思ってた」

「それ、さっき土岐田くんにも言われた」

「いつもいないんすもん。一回会った時も、ちょっとこわくて」

「あなた、避けられてると思ってる態度じゃなかったよ。いきなり部屋に入ってきて」

「そしたらティッシュ投げてきたんですよ、血のついた」

突拍子もない言葉に、私は「ついてない！」と今日一番大きな、それでもたかが知れている声を出した。

「いや、ついてましたよ」

「ついてないから」と私は言った。「目薬だよ、あれ」

「あ、そうなんですね」香堂くんは慌てる風もなく言った。「なんか薄いなとは思ったんですけど、目薬か」

「わかるだろ」と弟が笑った。

「薄い血かと思った」

「薄い血？」

「ていうか」弟の疑問を無視して香堂くんは言った。「目薬って色ついてんだ。容器の色じゃなくて？」

「ついてるよ」と私が答える。「容器にも色ついてるけど、私が使ってたのは目薬自体もちょっと赤い」

「だって」と香堂くんは私に言った。「青いのもありません？　緑も」

「あるね」と私は言った。「でも青とか緑のことは知らない。赤しか使ったことないから」

「そんなんいいからさ」じれったそうに口を挟んだ弟は後ろを見ていた。全員が出払った披露宴会場では片付けが控えめに始まっている。「ゆき江ちゃんの――うちの叔母さんの話」

弟を一瞥した香堂くんは、ブラックスーツの内ポケットに手を入れた。くたびれた白いチーフを「こっちに入れてたんか」と独り合点しながら取り出すと適当に畳み直し、スラックスのサイドポケットに突っ込む。私はマジシャンを前に気を張るような真剣さで、その行方を目で追った。

「あの、おばさんに、応急処置してもらったんですよ」

「怪我したの？」反応よく訊く。「うちで？」

「いや、学校で」と香堂くんは言った。「ぱっくり膝っ小僧が割れちゃって、ふさがりかけてたんですけど、洋ちゃんとゲームしてるうちにひっかいちゃって、血が止まらなくなって」

「そんで」と弟。「ゆき江ちゃんたまたま来てて」

「おれ、ティッシュで膝押さえながら一人でリビング行ってさ。洋ちゃん、ゲーム離さないのな。グランツーリスモ進めてて」

「あれ、まだうちにある時か。あげなかったっけ？　5《ファイブ》？」

「5」と感慨深そうにうなずいた。「何年かしてPS3と一緒にもらった。おれ、相当やりこんだもん。だからそれよりずっと前。中学ぐらいかな？」

「もともと車好きなの？」気になって私は訊いた。

「いや、グランツーリスモ5やってから。で、今の仕事だから、洋ちゃんにはめちゃくちゃ感謝してんです」

感動のあまり声を上げそうになるのを、なぜか拳を握りしめてまでこらえた。

「けど、あん時はなぁ」香堂くんは一瞬、恨めしそうな目で弟を見た。「一人でリビング行かされてさ。すいません、でっかい絆創膏とかありますかって」

「でっかい絆創膏」

面白がってすぐに繰り返す弟の尻に行き場をなくした拳を入れながら、もう至って真面目な顔をしてくれている香堂くんに訊く。

「ゆき江ちゃんに？」

「母さんいると思ったから一人で行かせたんだよ」と弟が弁明した。「そしたらなぜかゆき江ちゃんだけいた――らしい」

「病院で働いてたんですよね？」香堂くんは私に言った。「だから上手でした」

「資格ないから事務しかしてないけどね」

それでも、手先は器用で一通りのことはできた。十七の私は、たまに貼る湿布はできるだけ叔母に頼んだし、月に一度は逆さまつ毛を抜いてもらう習慣だった。仙台へ行く前の晩もそうだったが、一人鏡に顔を寄せ、怒りの相に思える眼球の際へ粟立つような刺激を立たせるたび、私は叔母を思い出すのだった。

「リビングの椅子に座らせてくれて、救急箱持って来て、コットンとかでかい絆創膏とか全部出してから始めてくれたんですけど、そしたら消毒のマキロンが全然入ってなくて、湿らすとかのレベルでもないくらい」

「申し訳ないね」と私は言った。

「いや」と言いながら香堂くんは先を急ぐ。「それでもおばさん粘って、マキロンを直接、傷口に向けて、何度も押して。ジュビジュビジュビジュビ……最初、飛沫みたいのが出るじゃないですか」

「うん」私と弟の声が重なった。

「そのうち風しか出なくなって。でもそうなってから、真面目な顔でずっと、本当に五分ぐらいやったんですよ。おれ、途中からゲラゲラ笑っちゃって。そのあとちゃんと処置してくれたけど、変な人だったなぁ」

私は微笑みながら冷静に、話を知っているらしい弟が私を見ているのを感じていた。

「で、これは洋ちゃんにも言ってないけど」

ふいを突かれた弟の方から微かな鼻息が聞こえたけれど、私も香堂くんから目を離さなかった。

「その時、おばさんに、この傷はたぶん残るわねって言われたんだよ。しかも、おれが洋ちゃんの結婚式に出るくらいまで残るって」

「うえ」吐くほど嬉しそうな音が弟から漏れる。「マジか」

「マジなのよ」香堂くんは後頭部に回した両手で、交互に髪の毛を撫でつけた。「で、おれが、洋ちゃん結婚できんのかなって言ったら」

「おい」

ふざけた弟が手をのばして肘に触れても、香堂くんは何かに集中するように髪を執拗に撫でつけ続けた。視線は私と弟の間にあった。

「多分ねって。そんでおれ、また会いたかったし、なんかおばさんと約束したくなって、じゃあ傷があるかどうか、洋ちゃんの結婚式でおばさんに見せますねって言ったの」そこで香堂くんの両手は、しっかり後頭部を押さえて止まった。「そしたら――」

「そしたら？」

「私がそこにいたらねって」

香堂くんは表情を変えなかった。頭からゆっくり手を下ろした。突っ立っているほかない私の横で、真剣な顔をした弟が小鼻を指でぬぐった。

「その時はべつになんとも思わなかったけど、亡くなったって聞いた時に思い出したんですよ。なんか言うタイミング逃して迷ったんですけど、今、ほんとに最後だから。すいません、なんか――」

「ううん」と私は微笑んで言った。「ありがとう」

「洋ちゃんにも訊いたことあるんですけど、おばさん、ずっと病気だったとかじゃないですよね？」

「ちがう」と私は答えた。「なんかそういうこと言って、人の記憶に残ろうとするのよ。いい迷惑でしょ」

かわいそうに、香堂くんは黙りこんでしまった。

「で」と私はちょっと彼の言い方を真似して言った。「その傷は残ってるの？」

「残ってます」

「ごめん、代わりに見てもいい？」

香堂くんは返事もせずにさっとしゃがみこんだ。太めのスラックスの下は意外にもロングホーズで、律儀に下げていくのがみるみる足首にたまっていく。スラックスをたくし上げると、研がれて光るような脛に次いで、仕事柄なのだろうか、無骨な膝小僧が現れた。

「この」膝下あたりを触りながら言う。「つるつるしたとこです」

安定しないヒールにふらつきながらしゃがみこんで、床に手をついて見た。そこは周りの皮膚よりも桃色がかって、ずいぶん前に何事かあった痕跡を留めていた。

弟もかがんでそれを見ていたけれど、弥子ちゃんと美織ちゃんが来ると立ち入りを禁じるようにそちらを向いた。足下を見て、すぐ後ろに弥子ちゃんのお母さんが来ているのもわかった。

「あ、お取り込み中？」と弥子ちゃんのお母さんの声がする。「どうしたの？」

「いや」と香堂くんは少し恥ずかしそうに言ってスラックスの裾を落とした。

私はさっと立ち上がって「もう、だいじょうぶ」と言った。

弥子ちゃんのお母さんは香堂くんの靴か服に問題があったものと思ったらしく、そのあたりをしげしげ覗きこむと、細かくうなずきながらOKサインを前後させた。それから、弟の顔を見て相好を崩した。

「美織ちゃんがね、三人の写真、撮ってなかったんですって」

返事する間もなく三人がそんな形に並ぶと、弥子ちゃんのお母さんはスマートフォンで写真を撮り始めた。

「会場じゃないけど、ごめんね」

「いいえ」と顔を決めたまま美織ちゃんが言う。「全然」

「悦子にもこの写真送ってあげようかな?」

「あ、ぜひぜひ」と美織ちゃんの顔が明るくなった。「エッちゃんさん、会いたいって伝えてください。あと、お大事にって」

弥子ちゃんのお母さんはもちろんと返すと、はっとして私を見た。

「景子ちゃん」と名を呼んでから始まる説明。「エッちゃんって悦子――私の姉なんですよ。だから弥子の伯母ね。独身だから弥子のことすっごいかわいがってて」

弥子ちゃんの顔がこの日初めて曇るのを私は見てしまった。それも一瞬だけ、私の顔を見てすぐに逸らしてからのことだった。私と叔母のことを、弟がどこまで、どのように話したかは知らないけれど、これ以上ないほどナイーヴに伝わっているのは確かだった。また、向こうの伯母について、何も伝えようとしなかったことも確かだった。

「美織ちゃんは、就職の時に相談に乗ってもらって仲良しなのよね?」

「そうなんです」と美織ちゃんは私に説明するように言った。「エッちゃんさん、貿易商社の海外勤務でバリバリで。私もそういう仕事目指してたんです。ダメだったけど」

勤めている会社は外資系でも英語はほとんど使わないらしい。それでも楽しかったし勉強になったし今にも活きている時間だったというズーム会議の話を、私はあまり聞いていなかった。その散漫を見透かしてか、また例の「景子ちゃん」が差し込まれた。

「悦子、洋一郎くんとも何度か会ってるからほんとに喜んでてね。式も絶対来るって言ってたのよ？　それが先月に胃潰瘍で入院しちゃって、結局、退院がやっと一昨日？　で無理だったんだけど」

もちろん本当なのだろう。親族席のテーブルを埋めない理由が気難しい新郎の姉への配慮だなんてバカげた話があるはずもないのだから。そんなことはわかる。わかるのに、家族のため、何より弟のためにと努める頬が引きつってくるのはどうしてなのか。目を閉じるわけにもいかず、涙ぐむのはなぜなのか。

「弥子の結婚式に出られないなら生きてる意味ないとか言うのよ」

私と叔母のことは、他の人にはわからない。わかるはずがない。どうせ誰にもわからないことを隠しておこうとする奮闘努力のバカらしさを自覚しながら、私は正体も宛てもない義憤にいつまでも駆られ続けている。

「でもそれはそうですよ」と美織ちゃんが訳知り顔で言う。「エッちゃんさんなら絶対そう」

「ウソよ。だって、胃に穴空いたって生きてる方がいいでしょ。それはそうよ。またいつでも会えるんだし。いつ日本に来るか知らないけど」

「来たら、絶対教えてくださいね」

二人の会話の奥で、そういつまでも私の方ばかり気にしてもいられない弟が、母と香堂くんを相手に喋っているのが見えてほっとする。こうして私はまた、叔母との二人きりの時間に戻っていく。いや、それは叔母との一人きりの時間と言うべきものなのだろう。

「でもほんとうるさいの。式をやる前から、お金なんか出すからもう一回やれーって」

しかめ面の長音に反応したかのように、パーティーバッグの中でスマートフォンが震えた。二度、三度――その長さにはっとして、形ばかり頭を下げてその場を離れ、まだ震えているのを取り出して画面を見る。

〈平原夏葵〉

ずっと無理に持ち上げていた口角に支えが入った。その名前を見つめながら、弥子ちゃんがまだ盗み見てくれていることを強く願って、ゆっくり、何度も瞬きを打った。

「弟の結婚式」

改札前で私が告げた時、年下の女子大生は見開いた目でうろたえたあと「おめでとうございます」と小さく速く手を鳴らした。

「ありがとう」

微笑みっぱなしの私を見ながら、彼女は拍手終わりの手をしばし胸の前に据えたままでいた。薄く噛んでいた唇が離れる瞬間を、大きな「あの！」が追いかけた。

「二、三日いるんですよね？　式って明日ですか？」

「そうだけど」

「そのあとは観光ですか？」

私が答える前に彼女は言った。

「よかったらまた会えませんか？　ほんとぜんぜん、よかったらでいいんですけど、お話も聞きたいし、仙台、案内しますから。マンガのお礼もしたいです。それまでに絶対読むから、返すこともできますし」

「一生の宝物じゃないの？」

そんな意地悪を言うぐらいには私も彼女を気に入っていたし、年上ぶるのは心地よかった。口を結んで物狂おしそうに首を振る彼女を助けるように続けた。

「また会えるかはともかく、お願いがあるんだけど、聞いてくれる？　電話番号教えるから」

「えっ」声と一緒にうれしそうな顔が跳ねた。「なんですか？」

「明日の夕方、六時過ぎぐらいかな、電話かけてほしいの。たぶん出られないと思うけど、かけるだけ」

「かけます、かけます」理由も聞かない二つ返事は「ぜんぜんいいっすよ」と急に後輩口調になった。「そしたらデートしてくれます？」

「わかんない」

対する彼女の不満そうな声は母音三つのカクテルで、文字に起こせるものではない。その分、とても魅力的だった。

「連絡するよ」

電話番号を言い始めると、慌ててスマートフォンを出した。

「ラインとかじゃなくて？」とつぶやきながら真剣な表情で打ち込んだあと、私の手元を見つめている。やがて私の方に着信がきた。

「いきました？」

「うん。じゃあ、明日の六時頃によろしくね」

「いや」はたとつぶやいた彼女は「ダメだ」と悲しげに続け、画面から目を離して私の顔を見上げた。「ダメです」

「どうしたの？」

「名前聞かないと登録できない」

「何がダメなの」

「教えてくれるんですか？」

「阿佐美景子」

またうわうわ言って、ちょっと面倒くさい子かも知れない。

「アサミって打ったらたぶん出る」と言ってこちらに傾けてきた画面を覗く。「その三文字の、ニンベンつきの佐」

「佐藤の佐」確かめるように唱えて「えーいいなぁ」と首を傾げながら遠ざけた。

「三文字の名字」

「景子は、景色の景に、子供の子」

「景子」と彼女は飲みこむようにくり返した。「説明もいい」

「そっちは？」と気安く訊く。「あなたの名前はなんなのよ」

笑いながら「あなたの名前はなんなのよ」と真似したあと、彼女は言った。「平原夏葵《なつき》です。平原《へいげん》の夏葵《なつあおい》って書きます」

「そっちのがよくない？」

その名を説明通りに打って登録してから二十七時間後の十八時七分、約束通りの着信が入った。弥子ちゃんのお母さんが持って来た本にサインをして、家族と別れて駅前のホテルにチェックインすると、ショートメッセージが入っていた。

——本日はおめでとうございました！　これでよかったですか？

——助かりました。ありがとう。

——お安いご用です。電話かけるだけですし。

片付けをしてシャワーを浴びたあとでも、そのメッセージが最新のままだった。下着姿でそれをじっと見下ろす。と、巻いたバスタオルが取り逃がしていた髪から水滴が落ちて、開いていたアプリを横並びの一覧にして見せた。隣のサムネイルには明日のために調べたバスの時刻表があって、縮小されて並んだ二つを見ながらセミダブルのベッドに腰を下ろす。

到着のバス停は〈震災遺構仙台市立荒浜小学校前〉だった。東日本大震災で、海から七百メートルほどの荒浜小学校には二階まで津波が押し寄せた。児童や教職員、住民ら三百二十人が避難していたその校舎が、二〇一七年より震災遺構として公開されている。公開から間もない頃、私は叔母と一緒に行く計画を立てていたが、叔母はその前に死んでしまった。

二〇一一年三月十一日、午後二時四十六分。私は中学一年生で、年度末の学校が昼で終わって祖父の家の二階にいた。数知れぬ人々がその日その時に悲痛な思いを募らせるのを考えると口には出せないが、日付ばかりか時刻までわかる記憶は、私にとって得難いものであるのも確かだった。

下では午後の診療が行われているところで、住宅部分には自分以外に誰もいない。私はこの時も応接室もどきの一人がけソファの一つに足を畳んで収まって、やや退屈な気分で『クレーヴの奥方』を読んでいる。

突然の突き上げるような縦揺れ。そのあとで大きな横揺れが長く続いても、私はソファに抱かれたままでいた。頼りないガラスのローテーブルに身を隠すよりは安全に思えたのだろうけれど、私が取った身を守る行動といえば開いた『クレーヴの奥方』で口元を隠すぐらいだったのだから、ひどい話だ。ドア越しに、物が落ちたりすべり倒れる音が聞こえた。

帰る時間を告げないのはいつものことだし、下から様子のうかがいも内線電話もなかったところからすると、祖父と叔母は、私がすでに来ていることを知らなかったただろう。院内の患者の案内にかかりきりで、手が離せないのは予想できた。外はしばらく不気味なくらい静かだったけれど、誰かが遠くに向かって叫ぶ声が一度してからは、それで耳の通りがよくなったように様々な音が聞こえてきた。

部屋を出てすぐの下駄箱の上、底広で浅いガラス鉢に飾ったドライフラワーが縁の際まで動いているのを奥に追いやってから、私は三階に上がっていった。最初の大きな揺れが収まりかけても物音が続いているのはそこにある叔母の広い書庫だけだったし、私の手には、この先、その棚の一つに戻さなければならない『クレーヴの奥方』が――読みさしのページに人差し指を挟んだ上で――あったから。

私はかつて、書庫についてこのように説明している。

「そこは祖父の家の三階の東側にある十五畳ほどの部屋である。元々、私の父と叔母の兄妹それぞれの部屋があったが、私の父が大学に入って一人暮らしを始めて家を出た後、一回目の修繕のついでに二部屋の仕切り壁をぶち抜いて作られたという。引き戸を開けると、目に入るのは背中合わせの本棚の横っ面、反対側の壁から四つ並んでここまで迫って来たもので、その列を一歯としたものが、部屋全体に櫛形に七列並んでいる。といってもその歯はぼろぼろで、本棚が統一されず奥行きも高さも不揃いなものだから、棚の間は人が一人やっと通れるほどしかないところもざらにある」

この文章への不満だって尽きるものではないが、当時の私にはどのみち関係のないことだ。ほとんどの窓が棚に半分以上も塞がれて薄暗い部屋の引き戸を、恐る恐る開ける。狭い通路のどれにもすべり落ちた本が積み重なって溢れ、ちらほら浮かんでいる光沢のあるカバーが厚手のレースカーテンに漉された弱い光を反射して鈍く輝かせるから、書庫はまるで浸水しているように見えた。ふとした拍子にまた何冊かの本が滴るように落ちるのを見送った後、私は電気をつけて足を踏み入れた。

ところで、この時の私は、『クレーヴの奥方』に挟んでいた指の代わりにカバーの片端を嚙ませ、無事だった棚の一つに置いたらしかった。かなり後になって、退屈に読んでいた証拠でもあろうがそこに置き忘れたままにしてあったのを発見し、あの瞬間に自分が開いていたページを知ることになる。美貌の貴公子たるヌムール公に、寡婦となったクレーヴの奥方が過去の出来事から相手にもわかりきっているはずの好意を改めて打ち明ける場面で、どこを読んでいたかはわからないまでも、ページ冒頭はちょうどこんな台詞で始まっている。

「なるほど、おっしゃるようにあたくしはこういう告白を、あなたに聞いていただきたいという気持があるようですわ。それを言うのが楽しいように思われますもの。なんだかあなたを好きなためにというより、自分をいとおしむ気持で言っているような気さえしてなりません。だって、こう告白した後はまた別のあたくしにかえるつもりですから。義務だと考えているつつしみ深い態度にかえるあたくしなのですから」

読み進めてわかったけれど、あと十数ページで小説が終わるというところだった。今こうして引用するような意味や面白味は、二〇一一年三月十一日の私には一切存在しなかったのだろう。矛盾するようだが、そうしてぞんざいに本を置いたあの少女が未曾有の揺れに直面して最初に取り組んだのは、崩れた叔母の本棚を元に戻そうとすることであった。下に行って己の無事を知らせることも思いつかないまま本の海の中に分け入り、記憶を虚しく掘り出しながらその手を動かし始めたのだ。余震の中、今にも倒れそうな本棚の間で二十分も作業を進めたバカの努力は、十五時十五分の最大余震によって水泡に帰した。危険も感じたはずなのに記憶がない。あきらめて二階の玄関から外に出て、一階のクリニック入口から、今帰ってきたかのように顔を出した。ぶっきらぼうな祖父さえ私を手厚く迎えたが、ゆき江ちゃんは全部わかっているみたいにいつもの調子だった。

人肌に温もったパイル地に裸の肩を湿っぽくはたかれて我に返る。頭に巻いていたバスタオルがほどけたのだった。そのまま首にかけ、何度かの瞬きをうるさく自覚しながら、大学生にもなって浅ましい考えの自分を思い出す。一緒に震災遺構の荒浜小学校に行ったら、私は叔母に、誰も知らないあの二十分のことを打ち明けようとしていた。それで何か起こると思っていた。

死者が生者に伝えうるのは「生きよ」という願いだけなのだろうか。それともそれは、生者が心を痛めず取り出せる唯一のメッセージに過ぎないのだろうか。いずれにせよ有難く思いながら、叔母にしては芸がないとも思う。求めている言葉には違いないけれど、私は今までさんざん求める以上を与えられてきたのだから。それにしたって、自分をいとおしむことも別の自分にかえることもできない者に、私は何を求めているのだろう。

二つ並んだサムネイルから、ショートメッセージの方をタップした。人なつこい彼女の顔を思い浮かべながら、少しの緊張と共にメッセージを打つ。

――明日って暇？

その画面を見ながらドライヤーをかけようとしたら、夏葵ちゃんはすぐに電話をかけてきた。置いたまま出て、スピーカーに切り替えると、高い声が弾けて割れながら湧き出してきた。

「ちょっと――」

声をかけても騒ぐばかりで埒が明かない。ボリュームを下げてそのまま置いておくと静かになったので「もしもし？」と言うと、「阿佐美さん？」「うん」のあとまた騒ぐ。スピーカーを切って、ドライヤーの風をかけた。

「うるさい」ドライヤーの代わりに口を近づけて言い、スマートフォンを持って耳にあてる。

「なんですか、今の？」

「騒いだらまたやるからね」

「何を？　ていうか明日どうします？」と相手もたくましい。「行くとこ決めてたんですよね？　わたし、一日空いてるんで付き合いますよ」

「いや」と私は言って椅子を反転させ、ベッドに足を載せた。「それはやめたの」

「あ、そうなんですか？」

「日曜だし、観光地行っても混んでるでしょ」

「じゃあ、どこに行くんですか？」

「決めてないけど」と言って左手、軽く握って五つ集めた爪に目をやる。目立たぬベージュピンクのマニキュアはどれも剝がれず綺麗に残っていた。「住んでるとこが見たい」

「え？」

「夏葵ちゃんの」と言ってスマートフォンを持ち替える。右手の爪は、薬指の外側の先だけ欠けていた。「暮らしてる町？」

「確かにうちの近所、なんにもないから人はいないですけどね。でっかい古墳ぐらい」

「古墳、好き」

「ウソ？」くすくす笑って少し遠くなった声が「えーじゃあ」で戻ってきた。「地元、来ますか？　ほんとに？」

「仙台からは遠いの？」

「遠くはないです。館腰って駅で、二十分もかかんない」

「じゃあ決まり」

「本気ですか。まあ、私はどこでもいいですけど」と言ったあとに「あっ」ときた。しばらく待っても言葉がないので、私は訊いた。

「なに？」

「お母さんに、友達と会ってくるって言っても大丈夫ですか？」

質問の意味がわからないまま「たぶん」と答えた。


「やっぱ泣きました？」

「泣かない」

「ご両親は？」

「お母さんだけ。向こうは両方ともすっごい泣いてたけど」

「やっぱ娘の方がって、そうなんですかね」

「一人娘だしね」

「ほんとに写真撮ってないんですか？」

「うん」

館腰駅西口で待ち合わせて、お寺の参道を折れて丘陵下に沿って作られた遊歩道へ。水路脇の長く細い道が小学校の脇にさしかかったところで、質問攻めの合間に訊く。

「ここ、通ってた学校？」

「いや、わたしの学校は山の向こう側です。家もそっちの方なんで」

夏葵ちゃんは杉がまっすぐに並び立つ左手の斜面を指差した。雷神山古墳はこの上にあるという。

「東北で一番大きいとかですよ、確か」

「え、すごい」

「弟の結婚式で写真一枚も撮らない方がすごいですよ」

「プロが撮ってるもの」

「他の人が撮ったの、送ってもらってないですか？」

「ある」

「見せてください」

「あとでね」

「絶対ですよ」

「気が向いたら」

「向かせてくださいよ、気ぐらい」

「ほんとよね」

丘陵の北から回り込んで、民家の庭を覗きこむような細い道を上っていくと、夏葵ちゃんの住む町を見下ろすところに出た。「面白味のない景色ですけど」という説明を受けてなお進む。最近刈られたらしい一面の草が光をたたえてまぶしい中に続いていく飛び石を、先導者と同じところを踏んで歩くうち、まず大きな円墳が、次いでさらに大きな前方後円墳が見えてきた。大きい方が雷神山古墳らしい。草に覆われながらはっきりわかる三段の後円部が、ゆるやかなカーブを描いている。

目を刺すような青空へ向かうように斜面を登り、小さな祠のある墳丘の一番高いところに出る。登ってきた方を見下ろすと、私たちが来たのとはべつの大きな出入口の方へ坂を下っていく親子連れが目についた。飛行機の音がかすかに響き始めると、幼い男の子は振り返って空を見上げた。つられて空を探すと、梢の間を斜めにすべる機体が見えた。

「空港が近いんです」と夏葵ちゃんは言って、東側に歩いて行った。「たぶん見えますよ」

追いかけて、墳丘に生えた木々の梢をかいくぐるように指差した方に目をこらすと、圃場《ほじょう》の広がりと、一番遠くに太平洋が見えた。霞んで見づらいけれど、その手前に、それらしき広い敷地がある。

「ほんとだ」

私の声は、まだ上昇途中らしい飛行機の轟音にかき消されたらしかった。音が十分遠ざかってから、私は訊いた。

「ここ、よく来てたの？」

「小さい頃はしょっちゅう」と夏葵ちゃんは言った。「でも、こっちより」と言って数十メートル離れた円墳を見た。「あっちの丸い方によく登りましたね」

さっき通り過ぎたその円墳も、三段の築成がよくわかる立派なものだ。小山の北側だけを木々が囲み、ここから見ると緑がふくらんで出来た舞台のようだった。

「幼稚園の遠足で来た時、あそこで歌の練習したんですよ、みんな並んで」今しもそれを眺めているように夏葵ちゃんは「かわいっ」と呻いた。「かわいくないですか？」

「かわいいね」

「あっちも行っていいですか？」

答えを聞くまでもなく東側についた石段を下り始め、彼女は円墳の方に走って行った。根っからなのだろうが、無邪気な姿を見せたいようにも思えて少しうれしくなる。草の途切れたところを選んで体を斜めにバランスをとって登る姿を見上げる。夏草がむき出しの足首を冷たく払った。

円墳の上に立つと、雷神山古墳の段がきれいに見えた。円周のカーブを対にするように並べられた二つの古墳の高さはほとんど揃って、被葬者同士の関係は深いものだったのかも知れない。

「幼稚園の時とは、ぜんぜん景色がちがうんだろうなー」夏葵ちゃんはしみじみ言うと「だって、幼稚園って」と自分の膝上あたりに水平にした手を添えた。「こんなですよ」

そんなではないという確信もなく「そうね」と返したけれど、もとより向こうは本気だから検証などされない。その背の高さの頃を思いながら、彼女は言った。

「あの時の感じで、歌っていいですか？」

私の返事を差し止めるように、夏葵ちゃんはすぐさま開いた右手をこちらへ突き出した。

「待った」と言って、左手は自分の胸に当てる。「そもそも聞きたいですか？」

面倒で、喉元に留めていた返事をそのまま出した。「もちろん」

「じゃあ」彼女は突き出した掌をくるりと返した。「写真見せてください、昨日の」

私がスマートフォンを出して操作し始めると、夏葵ちゃんは拍子抜けするように「え？」と言った。「もしかして、普通に見せてくれるつもりでした？」

「何だと思ってんの」と言いながら私は渡した。「そんなにないけど、お母さんが撮ったのとか、誰かにもらったのを送ってきたやつ」

夏葵ちゃんはそこに立ったまま十数枚の写真を何度も往復して、しばし黙って見ていた。それで歌う勇気をもらったみたいに、深くうなずいてから私に返した。

「意外と静かに見るんだね」

「全部、歌に込めます」

「意味わかんない」

「おめでとうって気持ちも、弟さんイケメンって気持ちも、阿佐美さんのドレスってレンタルですか、いくらぐらいですかって気持ちも、自分の将来のことも」

言いながら足を肩幅に開いて準備を始めたから、私は黙って後ろに下がった。目の届く範囲には誰もいないけれど、いたところで気にするタマではなさそうだ。その後ろ姿をなんとなく体育座りして見上げる私の脚は自然と交差して、よく先生に注意されたことを思い出す。

夏葵ちゃんは落ち着きなく何度か足を置き直して、大きく息を吸い――いよいよというところで、急にこっちを振り返った。

「その、幼稚園の時の歌がいいですか？　私の得意な歌がいいですか？」

呆れながら「そりゃ――」と答えかけてから質問に変えた。「得意な歌って何よ」

「『Jupiter』」

思わず噴き出して、それからじわじわ笑い出した私を、夏葵ちゃんはどこか不思議そうに見つめていた。大きな前歯をのぞかせてちょっと笑いながら、その間ずっと褒められているみたいに。

ようやく落ち着いた頃に「黙って『Jupiter』いかれてたら」と言ってまた面白くなり、顔を逸らしながら言う。「笑い死んでたかも」

「ウソ、なんで？」夏葵ちゃんは驚いたあと「でも、じゃあ」と悔しそうに顔を歪めて頭を抱えた。「黙ってやればよかった。笑い死んでくれるなら」

「おかしいでしょ」

「ちがうの、ちょっと結婚式に引っ張られちゃって」

「それも知らないけど」

「まあいいです」

断固、自分のリズムというものがある愉快な女子大生は、その一言でしゃんと気を取り直した。円墳の頂上で背筋を伸ばして踵を上げ下げ、深いうなずきでリズムを取って、十数年前と同じ場所で同じ歌を、高らかに歌い出す。

「**ともだちになるために　人は出会うんだよ　どこのどんな人とも　きっとわかりあえるさ**」

私の知らない、でもどこかで聞いたことがあるような歌だった。たぶん童謡なんだろう。それにしても、弟の結婚式に来て「友達」なんて言葉をこんなにたくさん聞くことになるとは思わなかった。

「今まで出会ったたくさんの　君と君と君と君と君と君と君と君と」わずかな切れ間に「ここめっちゃ好き」と挟み、息吸う間もなく続きを歌う。**「これから出会うたくさんの　君と君と君と――」**

無駄口のせいで続かなくなった息が喉に詰まり、下品なひどい音を立てた。歌は中断、夏葵ちゃんがへたりこんで笑い、体育座りの私も膝に頭を挟んで笑う。かすかに響き合った私たちの声は、丘全体を覆う緑に霧を吹いたように散っていった。

笑いに区切りをつけるため息を何度かつくと、夏葵ちゃんは草に転がったまま顔だけこちらに向けて、また大声で言った。

「あと、歌詞飛ばしましたね。間にもう一個あった」

「そもそも知らない、その歌」

「うそ、幼稚園で歌いませんでした？」

「歌ってない」

「なんかそもそも歌わなさそうですもんね、阿佐美さんって。許されてそう」

「私の何がわかるのよ」

「大体わかりますよ」

「この三日で？」

「大体ですよ？」ゆっくり体を起こした彼女は、手は後ろ、足は前に投げ出すように座った。私に背を向けたからなのか「でも」と声を張った。「人って、変わっていくじゃないですか。変わる前も変わった後のことも大体わかったら、それは友達です。大人になると新しい友達ができないのは、そもそも人は大人になると変わらなくなるから。変わる自分を人に見せなくなるから」

向かいの古墳の上にいても聞こえるような、通りのいい弁舌だった。

「声がでかいよ」と私は言った。「歌ぐらい響かせるじゃん」

「すいません」何にも思ってない風に言ってすぐ、体をひねってこちらを向いた。

「でも今の、どうですか？」

「いいこと言うね」

「ホントに思ってます？」

私は彼女をじっと見据えた。ホントに思っていた。私には、ゆき江ちゃんが変わったところなんて一つも思い浮かばないのだから。

「大人でも、変わるところを見せられたら友達になれるってこと？」

「そうです」

「片方だけ、ずっと変わらない人だったらどうなるの」

「そんな人いません」

「なら、相手が死んじゃったら？」放り出すように言う。「もうその人は変わらないの。ずっと、永遠に」

「死んじゃったら変わりますよ」私を見据え、彼女はまず静かに答えた。そして東へ顔を背けてから「死んじゃったのって」とさっきの調子に戻って続ける。「詳しいことはぜんぜん、絶対わかんないんだけど、大体わかるじゃないですか」

その視線の先には隙間なく並ぶ杉林があった。その向こうには太平洋。この土地の記憶と自分の迂闊さにぞっとしてなお、彼女の言葉や態度、何もかもが心を打った。きちんと応答したくて、「わかる」とはっきり声に出した。

「悲しいし、悔しいし、納得なんかできないけど、もう何も伝えられないし、相談もできないし頼まれもしないし、むかついてちょっと無視したりとかそんなのもしないで済むけど、誕生日のプレゼントもくれないし渡せない。駅で待ち合わせて街に行くこともないし——ってことは帰りの電車もないんだ、みたいな。そういうものになっちゃったんだって、大体わかります」

ゆるい風が通り抜け、私の顔や腕を撫でるのと同じ強さで、夏葵ちゃんの分け目の髪を何本か持ち上げる。それが戻らないうちに彼女は付け加えた。

「だから友達です、ずっと」

のばしていた両膝を一つずつ立て、それを片方の腕で抱え込みながらも、こちらを向いた顔は俯いたままだ。私はそこから目を逸らさないよう我慢していた。夏葵ちゃんは大きく息を吸ったあとで顔を上げると、勢いよく立ち上がった。

「なんか、気持ち入っちゃいましたね」恥ずかしそうなのに爽やかな笑顔で「暑っ」と顔をあおぎ、それでも足りずにシャツの襟をつかんで風を入れた。「そういう友達、いたんですよ。歌ったら思い出しちゃった。実はその子もケイコって言うんですけどね、字は違うけど。あ、ちなみに震災でとかじゃないですから。ちなみにって、いちいちそんなおかしいけど、いちいち言うんです、いつも」

心配事を慌てて一つ一つ畳んでいくような口ぶりだった。そのたびに罪悪感が歪に積み上がっても、私は彼女を愛おしく思った。私もあなたのことを大体わかっていたよ。そう言ってやりたいまま黙っていた。

「このへん、津波は大丈夫だったんです」また声を張り上げて、杉の木立が切れたあたりを指差す。「でも、すぐそこの国道の手前までは来たみたい。ここまで津波が来ましたよって標識立ってます。見に行きます？　いつの間にかできてたんですけど」

「大丈夫」

聞きたいというか気になることは沢山あったけれど、それは私が彼女を傷つけないために知っておきたいことでしかないからやっぱり黙っていた。

「それで、そうだ」夏葵ちゃんは口を止めようとしなかった。「阿佐美さんにもらった『違国日記』、実はまだ読んでないんですよ」

「どうして」

「なんか、もったいなくて」

「私も」と言いながら叔母の顔が浮かんでいた。「読んでないな。もらった本」

叔母の書庫は私が譲り受けたことになっている。何冊あるかわからない蔵書は、まだ半分も読んでいないだろう。

「なんて本？」夏葵ちゃんは嬉しそうに言ってから「ですか？」と付け足した。

この類の質問に答えないのは昔からの悪い癖だが、今日ばかりは違っていた。なのに私は、そのうちのたった一冊を選んで口にすることもできない。

「思い出せないけど」

あれをみんな読み干したら叔母になれるなどという気分はとっくの昔に手放しているにせよ、私は実家に寄りつかなかったこの二年間、祖父の家の書庫にはこっそり通っていた。今も私の机の上には、一番奥の本棚の下から二番目、無造作に重ねた下段の右から五冊目にあったユージン・フィールドの『子どもを想う歌』がある。少しずつ読み進めながら叔母の痕跡を探したところで、たまに出るのは髪の毛一本くらい。それだって嬉しく、ページをめくる期待が底をつくことはなく、夢中になれない本ならそればかりを気にして目がすべった。

「やっぱ」と私は言った。「もったいないのかもね」

このあたりの鉤括弧は、そこにあった言葉をようやく覗けるようになるまでこじ開けた逆万力のように見えてならない。私が彼女に伝えたかったのは、その横で飄々と連なっている思い出話の方なのだ。でもそれだって、空気を震わせた言葉よりも遅くに生まれたぶん、かわいく思える子に過ぎないのだろう。嘘ばっかりのくせに本当に届いた言葉と、本当なのに届かない嘘っぱちの言葉。変に噛み合って小説になったところで、あの時あの場所あの思いへ私を帰そうはずもない。私はこの時——ではなく今この時になって、叔母が書こうとしなかった理由に手が届く気がしている。

「そうですよ、きっと」

実は私にも——喉の奥まで出かかっていた打ち明け話は、後出しジャンケンであいこを出すようなばつの悪さで呑み込んだ。私たちがそれぞれに思い出しているものを交換して互いに涙ぐむ義務などありはしない。そのせいでこんな風に、ここで過ごした時間を忘れたり濁したり澄ましたりすることを止められなくなるとしても。

気づけばまた目を閉じている。だけど、涙の気配はなかった。

飛行機の音が聞こえ始めて聞こえなくなるまでの長い間が空いたあと、私は目を開けた。夏葵ちゃんは腰に両手をあてて、同じ場所に立っていた。

「ねえ」と明るい声で言う。「今日一日、付き合ってくれるんでしょ?」

「あ、はい」夏葵ちゃんは勢いよく振り向いて言った。「もちろん」

「お昼、どうするの？」

「このへん、お店とかほとんどないんですよ。あるけど、ここで食べても移動しないと何にもできないから、どうせならもうイオン行きます？」

「イオンしか行くとこないって、本当なんだ」

「悔しいけどだいたい本当です。古墳行くとか言わなかったら最初からイオンでした」

「近いの？」

「歩いて行くのはしんどいですけど、うちの自転車貸しますから。阿佐美さん、身長あるし足長いからお兄ちゃんの自転車乗れると思う。サドル高すぎて、錆びきって動かないから家族だとお兄ちゃんしか乗れないんです。むかつきません？」

「イヤなんだけど、そんな自転車」

「大丈夫です、乗れるから。一応、ギア付きだし。でもこれは先に謝っときますけど、カギに芳香剤ついてるんですよ。車にぶら下げる葉っぱのやつ、あるでしょ」

「あれってけっこう大きくない？」

「だから、先っちょだけ切ってつけてんです。切れっぱしだけ。なんかキーホルダーとかだと、重くてスピードが落ちる気がするんですって。スピードですよ。めちゃくちゃ頭悪くないですか？　とっくに匂いないし」

「イヤなんだけど、そんな自転車」ともう一度言った。「ていうか、お兄ちゃんいるんだ」

「いますよ」

「妹っぽいもんね、あなた」

「そうですか？　でもお兄ちゃん、今日は映画見に行くって出かけてますね。イオンにも映画館あるんですけど、そこじゃやってないからって長町まで」

「長町」と私は言った。「昨日行ったよ。確かにシネコンあったかも」

「昨日って、結婚式だったんじゃないんですか？」

よく顔の動く子で、眉間に深いしわが寄った。惚れ惚れしながら答える。

「午後からね。その前に行った」

「何しに？」

私もようやく立ち上がった。念入りに後ろを払ったあとで答える。

「なんかあるでしょ、遺跡が」

「ああ」と言ってから、夏葵ちゃんは笑い出した。その口のまま「え？」と顔を前に出した。「本当に好きなんですね？」

「だから言ってるじゃん」

「冗談かと思ってた。じゃあすいません、ここも、もっと詳しく見て行きますか?」

「あれは読みたい」私はさっきから目を付けていた東の木立の手前にある立て看板を指差した。「説明の看板でしょ、あれ」

「読みましょう、読みましょう」

そう言ってくれた夏葵ちゃんは、私が手を下ろすまで指先から目を離さなかった。気にして視線を送った私に、彼女はつぶやいた。

「爪、落としちゃったんですね」

「こわ」思わず手を重ねて相手から遠ざけた。「あんな写真でよくわかったね」

「拡大したんで」と事もなげに言う。「わたしそういうの、もったいないしズボラだし、けっこう限界までそのままなんですよね。お店でやったネイルなんか取れても両面テープで貼りますし。だから、用事が済んだらさっと落としちゃうの、大人って感じで憧れます」

「私だって、いつもはもうちょっとそのままだけど」

「えーじゃあ、なんで今日は?」

「なんでだろうね」はぐらかすように言って、看板に向かってまっすぐに斜面を下り始める。「もう行くよ」

「教えてくださいよ、なんか理由あるなら」

そんなに本気じゃない声のする方を、丘を一段下りたところで「待った」と振り返った。「じゃあこのあと、もしかして、まず、あなたの家に行くってこと？」

「もしかしなくてもそうですが」

夏葵ちゃんは不思議そうな顔をしたままかがむと、靴に中指を差し込んで掻き始めた。その間、私はちょっと緊張しながら見上げていた。

「なんか都合悪いですか？」

「いや」と私は言った。「友達の家に行くの、子供の時以来かも」

「いい」夏葵ちゃんの顔が明るくなった。「いいじゃないですか」

「そんで自転車でイオン行って、また帰ってくんの？」

「そうなりますね」と言ってすぐに「あ、ちがう」と夏葵ちゃんは大きく柏手を打った。「お兄ちゃんに連絡して、イオンから自転車乗って帰ってもらえばいいんだ。そしたら阿佐美さん、杜《もり》せきのした——ってイオンのある駅——そっから電車乗って直《ちょく》で仙台に戻れますよ」

「そうなの」

「そうなのですよ、そうしましょう」

「お兄さんは平気なの、それで」

「オッケーです。大丈夫、完ペキ」

「鍵はどうすんの？」

「つけときゃいいです。あの自転車を盗む人間なんて存在しませんから」

「イヤなんだけど、そんな自転車」

弾けるように笑って、夏葵ちゃんは私より先に勢いよく下っていった。ゆっくり追いかけながら、その背中に大きく声をかける。

「悪いからさ、新しい葉っぱの芳香剤買って鍵につけてあげようかな」

「やめてください！」夏葵ちゃんは振り返って鼻をつまみ、もう一方の手をその前で振って叫んだ。「あいつ玄関に鍵ぶら下げてるんで、迷惑です」

「どうせ切っちゃうんでしょ？　じゃあ平気よ」

「なら、あげる意味もないでしょ。何言ってるんですか、ほんと」

「だからこそ」と私は言った。「感謝の印に」

「だからこそってなんですか」

そう言いながらも、恐ろしくしみったれた兄の自転車の鍵と結びついた「感謝の印」という言葉がいたく気に入ったらしい夏葵ちゃんは、それから十代みたいに二人で半日を過ごした広いイオンモールのあちこちで、何度も何度も繰り返した。私の方でも、彼女に贈るための同じくらいバカバカしくて吹けば飛ぶようなそれを探していたのに、結局なんにも見つからなかった。

装画　イワクチコトハ
装幀　川名潤
初出　「群像」二〇二四年十二月号

乗代雄介（のりしろ・ゆうすけ）

一九八六年北海道生まれ。法政大学社会学部メディア社会学科卒業。

二〇一五年「十七八より」で第五十八回群像新人文学賞を受賞し、デビュー。

二〇一八年『本物の読書家』で第四十回野間文芸新人賞、

二〇二一年『旅する練習』で第三十四回三島由紀夫賞、

二〇二二年同作で第三十七回坪田譲治文学賞、

二〇二三年『それは誠』で第四十回織田作之助賞、

二〇二四年同作で第七十四回芸術選奨文部科学大臣賞を受賞。

そのほかの著書に『最高の任務』『皆のあらばしり』『パパイヤ・ママイヤ』などがある。

二十四五《にじゅうしご》

二〇二五年一月十四日　第一刷発行

著者　乗代雄介《のりしろゆうすけ》
発行者　篠木和久
発行所　株式会社講談社
〒一一二-八〇〇一　東京都文京区音羽二-一二-二一
電話　出版　〇三-五三九五-三五〇四
　　　販売　〇三-五三九五-五八一七
　　　業務　〇三-五三九五-三六一五
印刷所　TOPPAN株式会社
製本所　株式会社若林製本工場

KODANSHA

JASRAC 出 2409120-401
ISBN978-4-06-538328-5